teju jagua

teju jagua

rua do cajú, 478,
jardim das cerejeiras
06724-015
cotia-sp (brasil)

avenida peirao besada, 6 – 2D
36163 poio-pontevedra
(espanha)

[+351] 928053619 [portugal]
[+55] 11 95608 8983 [brasil]

www.editoraurutau.com.br
contato@editoraurutau.com.br

[EDITORA]
debora ribeiro rendelli
[REVISÃO]
juliana palermo
[PROJETO GRÁFICO]
wladimir vaz
[COORDENAÇÃO GRÁFICA]
tiago fabris rendelli
[DIAGRAMAÇÃO]
victor h. azevedo
[CAPA]
victor h. azevedo

dados internacionais de catalogação na publicação (CIP) de acordo com ISBD

Mota, Tiago Cupollilo
M917h Hoje estou um cacto! Uma jornada psicológica de um quase humano / Tiago Cupollilo Mota. - Cotia : Teju Jagua, 2023. 128 p. ; 14cm x 22cm.

ISBN: 978-65-85660-02-0

1. Literatura brasileira. 2. Ficção. 3. Prosa. I. Título.

CDD 869.8992
2023-3262 CDU 821.134.3(81)

Elaborado por Vagner Rodolfo da Silva – CRB-8/9410

HOJE ESTOU UM CACTO!

UMA JORNADA PSICOLÓGICA
DE UM QUASE HUMANO

TIAGO CUPOLILLO MOTA

[primeira edição]
TEJU JAGUA
dezembro de 2023

sumário

[prefácio]

É de se notar a evidente influência da obra *Assim falava Zaratustra*, de Friedrich Nietzsche, na minha própria. A primeira palavra que surge em minha mente para descrever essa influência é "herdeiro". No entanto, essa é uma obra que tanto descreve quanto me auxilia em minha própria libertação. Sendo que essa libertação é de qualquer hereditariedade que se queria fazer narrativa predominante em minha história de vida. Não que eu negue minhas heranças, nem creio que seja isso possível, mas desejo, e assim o faço, criar a minha própria narrativa usando dos materiais oferecidos a mim pelo passado, por aqueles que vieram antes de mim. Para isso, à maneira de Zaratustra, tornei-me antes um ladrão dos tesouros alheios, uma verdadeira ave de rapina, quando acostumado estava em ser abutre, apenas sobrevivendo de carne morta alheia. Roubei-lhe, então, seu tesouro, e ele se chama transvaloração. Para isso é necessário roubar ainda mais. Não somente dele me fiz ladrão. Nem pouco roubei. Roubei sabendo desprezar o que roubava. Roubei os tesouros do Norte para devolvê-los ao Sul, fundidos em uma amálgama dificilmente concebida, mais resistente que qualquer metal deste planeta, trazida por caravanas distantes. Isso só se tornou possível por aquilo que somente o Sul sabe prover: calor. Foi ele que transformou os metais obsoletos do Norte em um metal mais nobre e indestrutível.

O domínio do Oeste nunca começou realmente. Ele apenas foi destruído. Propus a mim mesmo uma nova expedição para aqueles lados. Quem se propõe a fazer o mesmo não me siga. Cada um tem o seu próprio Oeste. Fui para lá pedir gentilmente ao selvagem que civilizasse o bárbaro homem ocidental desprezador da vida.

O ouro que lá fui buscar é muito mais precioso que qualquer um que já tenha sido encontrado. Não o encontrei fora de mim, mas precisei ir para além de mim mesmo para encontrá-lo.

Foi então que me transformei naquilo que buscava. Transmutei Minh'alma em ouro. Dos trapos e farrapos espalhados que era, remendei-me com fios preciosos. Os sonhos que tivera transformei-os em realidade objetiva, e a realidade, que antes era objetiva, transformei-a em sonho. Descobri como regar minha árvore da vida e como respeitar a árvore da morte, enxergando-as como uma só coisa.

Encontrei minha alma nativa na floresta escura dos arranha-céus da prepotência da razão. Busquei as frestas, as aberturas, por onde o Sol se espraiava. Pude, aos poucos, encontrar a saída desse labirinto cinza, no encontro com a luz fraca que se tornou mais forte, à medida que a buscava cada vez mais.

De múltiplos símbolos me utilizei para conseguir ressignificar minhas experiências e trazer para o agora o que se encontrava no futuro. Mas acredito que aquele que lê esta obra e estiver buscando o mesmo pode preencher esses símbolos com seu próprio significado, se utilizando de mais esta ferramenta, dentre tantas, para transformar a si mesmo em metal nobre.

Não é coisa fácil, Jung que o diga. Não digo, tampouco, que devemos manter o olhar adiante para gozar do bendito resultado, pois ele nunca chegará se não encararmos o meio pelo qual ele foi obtido. É necessário se deleitar e se refestelar nos grandes sofrimentos desse processo de transmutação de si mesmo. Sustentar o olhar da grande serpente das profundezas é obrigatório. Suportar grandes rochas sobre os ombros para poder lapidá-las em belos diamantes: esse é o grande *post factum*.

Antes de qualquer atitude, consciente ou não, um "tu deves" é necessário. Deves, Ó leitor, abrir todos os sentidos para essa experiência. Não basta ler, não bastar ver. Um sentido nunca será suficiente para tal empreendimento. Usa-os todos! Que se lasquem os desprezadores dos sentidos. Aqui, nesta viagem, devemos nos tornar, antes de iniciá-la, os adoradores dos sentidos, para roubar deles toda a força de ascensão necessária para "espiritualizar" todos os nossos instintos mais bárbaros e desconhecidos.

Antes de nos tornar humanos, devemos nos tornar animais. Antes de transformarmos a nós mesmos no além-do-homem, devemos nos tornar, antes de tudo, demasiadamente humanos.

À Arca da Montanha Azul e sua tripulação, ao amigo
e guia Marcelo Bichara e a todos que me ajudaram
a chegar até aqui

Se o caminho, conforme já demonstrei, que conduz a isso (beatitude, ou seja, virtude) parece muito árduo, ele pode, entretanto, ser encontrado. E deve ser certamente árduo aquilo que tão raramente se encontra. Pois se a salvação estivesse à disposição e pudesse ser encontrada sem maior esforço, como explicar que ela seja negligenciada por quase todos? Mas tudo o que é precioso é tão difícil como raro.

BARUCH DE ESPINOZA, *Ética*

Caravana

Aqui não estou, lá estou. Não lugares e (a)braços partidos. Fraturas expostas: para onde apontam? O osso que atravessa a derme, o que traz das camadas internas? Dois ossos momentaneamente partidos. Yang transformado em yin. Universos complementares rompidos pelo desejo do bem e do mal, como se esses não fizessem parte do esqueleto que me sustenta. Queria que apontassem para fora, porém para dentro é que olho.

A dor da fratura é insuportável.

Vou à floresta. Pergunto como, onde e por quê?

Pequenos homens de orelhas pontudas me dão verdes superfícies maleáveis. Achei que fosse para pô-las no buraco por onde o branco irrompera. Contudo, ainda não era hora de remendá-los. Precisavam apontar.

Queimei-as.

A fumaça subia por entre as árvores, até que não fosse mais possível distinguir as verdes formas ao meu redor. A dor, longe como a infância, era só uma lembrança. Uma memória incômoda.

Nessa viagem dormi para acordar. Abrindo os olhos, percebi que havia chegado a um planeta para onde apontavam os ossos partidos. — Qual seu nome? Perguntei, mas nenhuma resposta sonora obtive. Apenas senti o seu nome: Caravana. Não compreendi. E não precisava.

Adiante, vejo tendas armadas por todo o território pincelado de crateras, como as lunares. Esses abismos — os sentia — eram abissais. Mas antes, as Caravanas. Camelos esperavam silenciosamente a ordem de partida ansiosamente solicitada pelo pulsar do coração do planeta.

Encontrei um abismo e observei o que ele tinha para me mostrar. Mijei nele, e, como por encanto, a urina caiu sobre minha cabeça. Assim descobri mais um segredo desse estranho planeta: lá, o profundo leva para cima, o de cima para baixo; o gás desce, a bigorna sobe, tudo o é, aí, invertido.

Depois do espanto amarelo, quente e amoníaco, tornei a olhar o abismo. Estranhamente, de lá me olhavam dois olhos de serpente. A primeira coisa que me passou pela cabeça foi a impossibilidade de as serpentes terem olhos tão bonitos. A segunda foi notar que o abismo retribuía o olhar. Não bastassem seus olhos profundos, ainda teve a ousadia de me perguntar o que eu queria.

Repliquei que gostaria de conhecê-lo — fiquei em dúvida se o abismo era do sexo masculino ou feminino —, ao que fui grosseiramente respondido:

— Para conhecer-me, olhe para cima. Estúpido!

Sim, como fui estúpido. Em dois longos minutos ainda não havia aprendido as leis naturais da inversão nesse estranho planeta.

Atento às caravanas, vejo que as tendas são feitas de um material fino, vazado. O que era incomum, justamente pelo fato de não protegerem nada e ninguém sob elas. Improficuamente tentava entender o motivo daquilo que me parecia o cúmulo da estupidez.

No entanto, ao divagar sobre a importância de uma tenda, que nem da areia protege, aproxima-se de mim um camelo. Cumprimenta-me de forma absolutamente polida, adiantando-se em direção ao abismo. Abruptamente ele se joga do precipício, atentando contra a própria vida. Não acreditei no que meus olhos viam — era demais, pungente, perturbador.

De olhos marejados sigo para as tendas, esperando encontrar respostas que dessem conta desse confronto com Ísis. As pernas bambeiam enquanto me dirijo ao acampamento. Rarefeito é o ar, apesar de estarmos ao nível do mar — mar de areia. Desfaleço, tendo tempo somente para sentir a areia fofa penetrar minha blusa e calça, por entre os dedos e ouvidos, boca e nariz, cabelos e pelos.

Há tempos que não me sentia tão integrado.

É noite. Uma noite fria e acolhedora, por mais contraditório que possa parecer. Não está de todo escuro, e as estrelas cintilam na abóbada celeste. Meus olhos piscaram uma, duas, três vezes, mas estava ali uma explosão de cores e aromas — sim, aromas — que me deixaram incrédulo.

Ondas azuis, verdes e rosas dançavam por entre o topo dessa atmosfera límpida e leve. Em muito me lembravam as imagens espetaculares de supernovas vistas do território terrestre. No entanto, em muito se diferenciavam dessa experiência visual, quando não eram mais meus olhos, somente, que captavam essa exuberância. Agora, todo meu corpo a sentia.

* * *

Ao meu lado, sentado em posição lótus-contemplativa, estava um estranho ser verde de orelhas pontudas, parecido com aqueles na floresta. Seus olhos eram negros, como abismos: abismos cheios de negra vida. Contrapondo-se a esse aspecto negro, podia sentir a transparência dessas janelas da alma, mas não da alma desse estranho ser, e sim da minha própria.

Perguntou como eu estava, sem que se abrisse em sua face a fenda da qual eu me esquecera para que servia. Olhamo-nos. Esbocei um sorriso com os olhos, e ele imediatamente compreendeu.

Começamos um diálogo que se estendeu por galácticas horas, isto é, por tempo algum.

Lembro-me até hoje da sensação que se seguiu ao descobrir que Oplopitus era um ser híbrido. Híbrido em todos os sentidos. Seja na complementação de bem e mal, do belo e do feio, como quanto em sua natureza simultaneamente terráquea e *Caravanesca*. Fora ele quem me deu as verdes ervas na floresta naquele dia *epidérmigrafado*. Fora ele quem me conduziu até aqui. Fora ele quem esteve presente em longínquos sonhos tidos em minha infância, modelando formas-pensamentos selvagens, absurdas e fascinantes. Sim, infelizmente ou não, também fora ele quem causara aquele estrago em meu braço.

— Foi para seu próprio bem e mal. Não é possível continuar sem se quebrar. Teve sorte que quebrei somente seu braço.

— Os sinais foram muitos, e o tempo já se esgotou. Esgotou-se, compreende!? Outra chance foi-lhe dada para que cumpra o que o destino te confiou — disse Oplopitus.

Discorreu, então, sobre aquilo que seriam as chances dadas por ele. À medida que falava, eu tinha lapsos do que eram estas. Insignificantes me pareciam. Na verdade, ignorava-as por completo. Eram, para mim, simples sonhos e coincidências da vida, não significando nada mais que fenômenos simples desconectados uns dos outros. Quem era Oplopitus, afinal? Um duende, um sábio, uma entidade? Hoje sei que aquele corpo verde e mirrado era tudo isso e mais além. Mais além de toda a compreensão da vida um dia já apresentada aos habitantes da Terra.

Nesse tempo sem tempo, nesse frio que não congela, nessa orgia sensória, não era mais possível ficar indiferente a tudo aquilo que era trazido até mim. Aquelas cores dançantes no céu lembravam as cores da minha própria vida; aqueles cheiros dessas mesmas cores mesclavam-se com os cheiros sentidos por mim na minha antiga vida medíocre.

Foi então que aquele serzinho verde, que pouco a pouco se revelava para mim, tocou na terra com a palma de suas duas mãos e entoou um canto. Um canto? Absolutamente não! Um canto jamais teria propriedades tão maravilhosas. Um arrepio iniciou-se da ponta dos meus pés e foi correndo todo o corpo até chegar ao topo da cabeça. Um arrepio parecido com aquele produzido pelos *riffs* do mestre *Hendrix* em “All long the watchtower”.

— *Drink my wine* — disse para mim Dionísio, mais uma das facetas daquele estranho ser. Aceitei a misteriosa oferta. Oplopitus tirou suas mãos do chão, e, quase que instantaneamente, um raio saído das profundezas do solo juntou-se à luminosidade boreal. Levantou-se de sua posição e se dirigiu ao local onde esse estranho fenômeno se iniciara. Ao contrário de um raio terrestre, esse, aqui descarregado, deixou um rastro de energia desde o chão até o espaço. Foi então que meu Dionísio pôs suas mãos nesse rastro.

Até hoje me é difícil processar o que ali ocorrera. Tal como o Avatar Aang, iniciou uma dança hipnotizante e maravilhosa, caótica como um furacão, tranquila como um lago de Zurich. Entre suas mãos, como consequência dos movimentos realizados por elas, estava a energia do raio. À medida que dançava e as movia, aquela energia começava a adquirir forma semelhante a uma esfera. Uma esfera gasosa, de cor amarela, com umas pinceladas de preto. Dominou-a sem tocá-la, lançando um olhar abrasador em minha direção, se aproximando.

Há muito que Oplopitus tentava me mostrar essas maravilhas. Mas cego estava eu, vendo o que não deveria, ouvindo o que não tinha som, cheirando o que já era putrefato.

De repente, aquela esfera colorida e gasosa voou até minha cabeça. Antes mesmo que tocasse o seu topo, ela explodiu, mas uma explosão controlada. Sinto então que essa explosão vai envolvendo todo o meu corpo, até que eu fique dentro, agora, de uma estrutura gasosa oval.

Minha consciência começou a obscurecer. Onde estaria o camelo suicida? Não obtive resposta alguma, pois ainda não era tempo de tê-las. Deveria, por hora, deixar o ruminante desértico de lado.

* * *

Chegada era a hora. Os tambores rufavam ritmados, trazendo a mensagem de todas as eras. Das mais longínquas — antes mesmo do nascimento da Terra — até as dos dias atuais. A mensagem, o segredo, a função cósmica universal. O Tao do homem — o homem cósmico. Essa mensagem era difícil de descrever. Esse gás que me envolvia vibrava como se fosse uma barreira para qualquer tipo de vibração, mas que produzia ela mesma suas próprias vibrações. Sentia tudo pulsar. Desde minhas órbitas oculares até meus intestinos, pulmões e garganta.

Imediatamente soube de tudo o que eu me tornaria. Tudo se clareou, transparente como as águas das nascentes mais puras. As línguas de fogo cairiam por sobre a cabeça de todos os homens, de norte a sul, de leste a oeste, do subsolo até o espaço. A Era das grandes mutações estava para começar na Terra. A humanidade ascenderia até o cume mais elevado da inteligência. Não uma inteligência qualquer, mas o além dessa inteligência: a inteligência dos afetos.

Aos poucos, essa substância começa a se introduzir dentro do meu próprio corpo, obscurecendo toda a minha visão, até eu perder totalmente minha consciência.

Como uma vela que se extingue com um sopro, por um sopro desfaleci. Que sopro tormentoso foi esse!? Um sopro que parecia sair das profundezas do inferno, do inferno mais profundo e escuro que se possa imaginar. O sopro que trazia em si o hálito das criaturas mais sombrias. Um hálito sulfuroso e ácido.

Em uma noite escura e sem estrelas, quando o vento sopra e apaga o fogo, é demorado o tempo que se tem para se recuperar a visão, ainda mais quando nenhuma fonte de luz há. Há tão somente a do brilho dos olhos que anseiam por ver.

Ao longo da torre de observação, a primeira mutação estava prestes a começar.

Prover alimento

"Aquele que procura o alimento que não nutre tenderá do desejo à gratificação, e na gratificação despertará para o desejo. Uma desenfreada busca de prazer na satisfação dos sentidos jamais leva à meta. Nunca se deve seguir tal caminho, pois dele nada de bom resultará." "As palavras são um movimento do interior para o exterior. Comer e beber são movimentos do exterior para o interior."[1]

Acordei em meio a uma escuridão aterrorizante. Estava eu cego? Absolutamente nada meus olhos podiam captar. No entanto, os sons ainda estavam presentes, mas não queria escutá-los, pois eram sons sem forma, sem contorno. Parecia que nada vivia naquela escuridão, o que tornava ainda mais tenebroso o fato de eu escutar só, e tão somente só, a minha respiração ofegante. Comecei a pensar que essa cegueira (momentânea?) poderia não ser uma cegueira, de fato. Talvez profunda escuridão, tão grande ou até maior que os próprios buracos negros. Não havia nenhuma fonte de luz. Eu estava, portanto, às cegas.

Esse ambiente, onde nenhuma luz era possível de ser vista, era o ideal para que a fantasia ganhasse espaço. Na ausência de forma — pois a forma só a luz provê — a imaginação corre solta, corre distâncias sem fim, feroz, insensata, selvagem, louca e irresponsável. Selvagem como um lobo sedento de selvageria, de escuridão e maldição. Sangue era o que ele queria. Sangue quente e borbulhante. De sabor cobre, férrico e doce, já que, *sem o amargo, o doce não é tão doce*. Doce tal como o mel das flores mais doces de uma floresta tropical. Aos trópicos esse mel me levava, ao calor e ao coração.

1 I Ching, O Livro das Mutações – Richard Wilhelm

Meu Norte é o Sul — sabia-o, desde sempre. E o lobo lambia os beiços só de pensar na próxima vítima.

Língua nos caninos para saber se estavam apropriadamente afiados. A jugular era o seu desejo, seu objetivo. Imobilizando e rasgando carne e pele, roupas e barreiras. Barreiras? Não lhe era possível visualizar.

Metallica, "Of Wolf And Man"

Off through the new day's mist I run
Off from the new day's mist I have come
I hunt therefore I am
Harvest the land
Taking of the fallen lamb

Off through the new day's mist I run
Off from the new day's mist I have come
We shift pulsing with the earth
Company we keep
Roaming the land while you sleep

Shape shift, nose to the wind
Shape shift, feeling I've been
Move swift, all senses clean
Earth's gift, back to the meaning of life

Bright is the moon, high in starlight
Chill is the air, cold as steel tonight
We shift, call of the wild
Fear in your eyes, it's later than you realized

Shape shift, nose to the wind
Shape shift, feeling I've been
Move swift, all senses clean
Earth's gift back to the meaning of life

A presa era a única coisa que vislumbrava. Sua presa, só sua, de mais ninguém. Corra, lobo! Corra para o sangue, pois ele chama para saciar a sua sede insaciável.

Venha! Embriague-se de minha água, *dig my earth*. E, se não for suficiente, me consuma — diziam os olhos da presa ao animal.

Com olhos suplicantes ela pedia para ser violada e se deliciava com o frêmito carnal causado pelos olhos do lobo. Corria, mas sabia que era impossível correr. — Para onde? — se perguntou, sabendo qual seria a resposta.

Foi então que corri! Quatro patas sincronizadas no chão cheio de terra; terra fofa cheirando à vida. Sentia a língua pendurada fora da boca, à espera do gosto que estava por vir. Os olhos vidrados eram vazios, pois não eram eles que direcionavam o louco animal. O cheiro vermelho era a direção, nada mais.

Como era diabólico esse jogo, e como gostava dele. As árvores, em sequência, passavam por mim quase como uma miragem. O verde ao meu redor era uma pintura impressionista, sem nenhum espectador para apreciar. Porém o meu expressionismo era vermelho.

Um sorriso mefistofélico estava impresso no rosto da besta.

Enquanto olhava minhas garras, percebia que a premência delas agarrando e rasgando a carne macia era tal como deve ser a experiência do nirvana. Haveria de ser dois corpos em um. Um embebido e digerido pelo outro — não haveria maior sentimento de integração.

Vermelho como mel escorre sobre grãos marrons. Pedras cinzas *a la Pollock*. Verde com vermelho transmuta-se em marrom. Que espetáculo era a pintura cor de paixão a se espalhar pela clareira. E os dedos da vítima deixaram suas cinco marcas contínuas em uma grande árvore, tal como um coração entalhado que dois amantes fazem para eternizar o seu amor.

Uma grande obra de arte: caninos brancos imaculados têm os seus desejos saciados. A bruma produzida pelo calor se esvaía do corpo inerte e produzia um ar teatral ao homicídio. Doce era o gosto do elixir ao ser lambido pelo predador, e macias eram as fibras da carne em sua boca. Não sei precisar por quanto tempo estive naquele ambiente ao alimentar-me sofregamente do cadáver que perdia sua forma humana, para que pudesse ser somente uma imagem para abutres. Sei somente que, quando deixei o local, os ossos e as vísceras eram as únicas coisas que lá ficaram.

O impressionismo vermelho o qual me inspirava havia transformado tudo ao meu redor. A floresta em volta estava tingida de sangue — folhas, troncos, flores, pedras e solo assim estavam — das mais variadas tonalidades e misturas possíveis.

Ouço um leve ruído de passos pouco distantes de mim. O mel de sangue ainda me chamava.

Patas em dois tempos dividiam-se harmonicamente no trabalho do transporte. Não me importava a transformação que se passava em mim e ao meu redor. Não seria somente eu a ser tingido pela cor de meu desejo. Ainda correndo, consigo observar outra presa ao longe, vestida de azul.

Continuo correndo de orelhas abanando; face contorcida pela sede; dentes à mostra; pelos ao vento e olhos esbugalhados.

A criatura que persigo para abruptamente em uma capoeira iluminada por alguns raios de Sol. Assim que lá chego, distante poucos metros de sua carne, ela olha profundamente dentro de meus olhos. Com seu punho em riste frente à boca, levanta seu dedo indicador como que pedindo silêncio.

Paro imediatamente.

Olhávamos um ao outro como velhos conhecidos, de longas eras, de vastas experiências ancestrais. Estava hipnotizado por aqueles olhos. A sede não me dominava mais, nem a loucura e a vontade de fazer sangrar. Veio em minha direção com seu vestido esvoaçante e, com suas mãos sedosas erguidas à frente, chegava cada vez mais perto de minha cabeça. A cada metro que avançava, meu corpo relaxava mais, até que, por fim, estava deitado no chão sentindo o deslizar das mãos calmantes sobre os meus pelos.

Quando as mãos voltaram à minha cabeça, seus dedos pressionaram um ponto em minha testa, ponto esse que formava um triângulo com meus olhos. Quando senti a pressão, soltei um uivo de dor e agonia.

Não estava mais na floresta.

* * *

Quando dei por mim, estava com minha forma humana assumida em um ambiente festivo e dourado. Vestido tal como o Papa, pois também assim se veste o diabo — um pobre diabo me sentia naquele dia. Um relógio dourado fazia parte da minha decoração — sim, decoração, pois tinha certeza naquele momento de que eu parecia uma peça comprada em boutique. Uma gravata borboleta envolvia meu pescoço, calçava sapatos italianos feitos especialmente para a ocasião e, para complementar, *une l' eau de toillet francese* inebriante, cujo odor provocava incômodos torcicolos nos convidados ali presentes. A barba estava feita, o cabelo fixo para trás e um lenço vermelho no bolso do paletó formavam o que ficaria gravado na memória daqueles que me observavam.

Não entendia bem o porquê, mas aqueles olhares continham uma inveja felina, afiados em sua acusação de injustiça — sentiam-se injustiçados pelos seus próprios fracassos. Contudo, havia um outro olhar cheio de austera melancolia, e não menos incômodo que os outros, que me atravessava feito uma faca recentemente amolada.

Era ela, a minha presa, segurando uma bandeja repleta de taças. Estava linda naquele dia, apesar do uniforme de garçonete que usava.

Não era convidada dessa festa dourada.

Atravesso o salão e a cumprimento com o olhar fixo. Faço uma reverência com a cabeça e tomo para mim uma taça de espumante, concedendo-lhe um brinde. Ao primeiro trago, olhando fixamente nos olhos daquela mulher, entorno metade do líquido em minha boca. Faço uma careta estranhando aquele gosto familiar. Quando olho para a cor do líquido, avisto a consistência de sangue com sua cor forte e aveludada. Espantado, busco resposta para aquela situação macabra.

De quem seria aquele sangue?

Dirigi meu olhar para os olhos da mulher desconhecida, vendo que agora é ela quem me reverencia e me dedica um brinde, retirando da bandeja uma taça com espumante, esvaziando-a em um gole.

Olho novamente para a taça que estava em minhas mãos e vejo uma sonda que liga uma agulha em meus braços ao seu topo. Era meu sangue que eu havia bebido! Vou atrás de outra taça. Tomo-as uma atrás da outra, mas todas têm o mesmo gosto alcalino.

Senti, não sem me abalar, que o sangue o qual havia de me nutrir, a partir de agora, era o meu próprio, ao contrário do que acontecera entre as árvores na floresta.

Foi então que comecei a ficar tonto com o ruído ali presente. Somente ruídos saíam da boca daqueles insensatos, inclusive da minha quando tentava esboçar alguma coisa com sentido. E as caixas de som eram, para mim, caixas pretas de avião, testemunhas musicais da queda daquele lugar miserável que havia se tornado insuportável. Tive que sair dali o mais rápido possível. Corri até a porta da frente e pedi que me trouxessem meu carro.

Em poucos minutos um chofer indígena sai pela porta do motorista oferecendo-me a chave do veículo. Seus cabelos eram extremamente lisos e estavam presos para trás. Quando se inclinou com reverência, de dentro de seu terno foi revelada uma roupa com padrões étnicos.

Um reflexo de vômito dominou todo o meu corpo, dando somente tempo de chegar ao meio-fio. Percebendo meu mal-estar, o indígena perguntou se eu gostaria que ele me acompanhasse, ao que respondi que sim. Ele volta ao volante, e eu me encaminho à porta do carona.

Saímos apressados pela estrada em frente à mansão no meio do deserto que não mais admirava — dois cavaleiros sob um céu de tempestade. Pelo contrário, me causava desprezo e náuseas. À medida que seguíamos pela estrada, o ruído da música diminuía, e, por consequência, o meu enjoo.

A atmosfera tornava-se cada vez mais límpida à medida que avançávamos. A paisagem árida era fincada por rochas em todas as direções. Cactos surgiam intermitentemente dos dois lados da estrada e mais além. O vento que soprava pela janela acariciava meus cabelos e os deixava ligeiramente bagunçados.

O selvagem estacionou o carro à beira da estrada, abrindo a porta para que eu pudesse sair. Jogou seu paletó no chão, deixando apenas a blusa estampada que estava por baixo dele.

Como era difícil prestar atenção — dado o meu enjoo ainda presente — a seus movimentos estranhos, cujo objetivo me era difícil captar. Fechei meus olhos. Alguns minutos depois, ouço o barulho do porta-malas se fechando e o observo passar em frente ao carro. Não estava vestido como antes. Tinha agora um cocar de penas brancas em sua cabeça, pinturas simétricas em seu tórax, espaldas e antebraços, além de uma grande lua desenhada no mesmo espaço da testa onde a minha antiga presa pressionara. Abriu a porta do carro com violência, provocando a minha queda no chão enlameado pela chuva, puxando-me ferozmente pelos cabelos. Seu rosto estava impassível, como um feito de mármore.

Meu corpo foi sendo arrastado por cima de pedras, cactos e outros objetos naturais pontiagudos. Quando paramos, tomei consciência dos farrapos em que minhas roupas se transformaram. O relógio dourado desaparecera pelo caminho das pedras, enquanto pouco restara da fragrância que me perfumava, dando lugar ao cheiro de sangue e terra molhada. Quanto aos sapatos, somente um sobrou: o do pé esquerdo.

Largou-me deitado no chão e desapareceu.

Pouco me importavam seus motivos, pois já sem eles eu vivia. Enquanto isso, o horizonte ia pouco a pouco transitando do amarelo para o alaranjado, e depois do laranja para o rosa, para que, então, desse espaço ao roxo e, finalmente, a um azulado crepuscular em que somente as sombras estavam presentes.

Ouvi um crepitar de fogo atrás de mim. Busquei saber de onde vinha e vi o selvagem preparando uma fogueira com gravetos que não sabia de onde vinham, dado o clima desfavorável para o crescimento de espécies lenhosas como aquelas que ele trazia.

Havia uma tigela de madeira ao lado da fogueira que parecia ter sido feita por mãos muito habilidosas. Sua forma era oval, mas não uniforme. O selvagem se levanta e desaparece por entre as sombras, longe da fogueira. Novamente a figura do camelo surge para mim como uma viva lembrança nas formas criadas pelas sombras. De repente, essa figura bruxuleia e dela surge o selvagem em direção à fogueira. Traz em suas mãos uma massa estranha e salpicada por detalhes pequenos e pontiagudos. Deposita essa massa dentro da tigela, amassando seu conteúdo com uma pedra, junto a um pouco d'água de dentro de um cantil que trazia, deixando-a por vários minutos ao lado da fogueira.

Por algum motivo, eu ainda trazia a taça com a qual tentara saciar minha sede algumas horas atrás. A sede que eu sentia era, entretanto, sede de vida, de verdade e de amor. Nenhum líquido tinha tal propriedade de saciá-la, a não ser o meu próprio sangue. Era de minha própria vida, da minha própria verdade que eu deveria beber, custasse o que custasse. O selvagem, tal como eu, também o sabia.

Ele retira a tigela do lado da fogueira, derrama seu conteúdo em outro recipiente e, com as mãos para cima, em reverência, o oferece a alguma divindade para mim desconhecida. Pronunciando palavras desconexas, faz movimentos circulares com a mão por cima do conteúdo. De forma ritualística, completa três voltas ao redor da fogueira, deixando o recipiente ao meu lado no final da terceira volta. Ele se senta na minha frente de pernas cruzadas e pede que me incline em sua direção, permitindo que desenhe uma lua em minha testa, voltando à sua posição e solicitando que eu beba o líquido.

Eddie Vedder, "Long Nights"

Long nights allow me to feel
I'm falling, I am falling
The lights go out
Let me feel
I'm falling
I am falling safely to the ground
Ah

I'll take this soul that's inside me now
Like a brand new friend
I'll forever know

O vento uivava em meus ouvidos, misturando-se à doce melodia do silêncio ao meu redor e à fumaça vinda da madeira em brasa. O enjoo que agora sentia não era parecido com aquele que sentira na festa. Este, agora, era como uma vertigem das grandes alturas, onde somente existem raios e trovões. A fumaça começou a envolver a mim e ao selvagem por completo, até que ele desaparecesse por completo de minha vista.

Hoje estou um cacto!

No deserto, à espera da chuva, guardo para mim o que ainda não chegou. Avançar não me é permitido. Para que esses espinhos? Não os tinha visto. De que são feitos? Também não sei. E essa pele verde, grossa, rude, como assim ficou? Pensava haver uma pele lisa, suave e frágil em minha superfície. O tempo — todos eles — é cruel. O vento, por vezes abrasador e outras gélido, esse Sol tórrido, e essas vespas furiosas me embruteceram. Olho do topo da colina calcária para o horizonte pouco convidativo. Apenas ouço os rumores de trovões. Gostaria que suas luzes me atingissem. Um pouco de movimento me basta. Um raio, por favor! É pedir muito?

Não sei mais se quero a chuva. Aprendi a apreender. A água que caíra do céu agora é minha, hóspede da morada que é meu corpo. Dela me nutri há tempos longínquos e exíguos.

Acho que agora sei para que os espinhos. São para empoleirar pássaros. Seriam? Acho que não. Mas poderiam, se não fossem espinhos.

Há, adiante, um sabiá que me observa. Sabe que não pode pousar. Mesmo assim espera pela flor que um dia, em seu pensar, deve desabrochar. Ainda não, me desculpe. Volte para onde veio, pois ainda não é a hora. Volte e sinta os trovões. Diga, diga-me em alto e em bom som o que escutou. O que soa de sua voz gutural? O que iluminam? Eles vêm até mim? Quanto devo esperar? Pelas pedras, por esse chão ressequido, pelos ossos no chão, pela poeira que se revolve, acho que as negras nuvens nunca virão.

Pela dor engolida em sua garganta celestial infinitamente profunda. Profunda de um desespero inominável. *Inominavelmente* profunda.

O desespero também pode ser concebível por sua capacidade de ser inominável. Des(espero) é o fim de toda esperança. O que seria o vazio de esperança? Somente o infinitamente profundo de que não se consegue visualizar o fim. O infinito poderia nem mesmo existir, por si só, mas a não presença da finitude já dá margens ao desespero. A capacidade limitada de saber até onde vai um caminho: é desse desespero de que vos falo.

Não sabia se deveria esperar pelos trovões, mas a esperança também era desesperadora. Dos dois desesperos, qual o menos profundo? Não o sabia. Sabia apenas que, esperando, veria o quão profundo este era, quando consciente do que esperava. A tempestade por que tanto ansiava era a mesma tempestade que traria água, mas que também traria o uivo arrasador dos ventos. Em sua violência queria que me levassem. A sede de refresco para meu ser era tão grande quanto a minha sede pelo caos de ventos, raios e água. Não só queria que me lavassem, mas que também me jogassem no fluxo *orgiástico* que se assentaria no chão enlameado, carregando a mim, às pedras, à água e a tudo que não estivesse bem fixado ao chão. Contudo, ainda não era hora.

Era eu um cacto cheio de desejos. Embora todos saibam que um cacto não é capaz de realizar tudo quanto deseja, eu não o sabia. Eu era um cacto diferente dos demais ao longo dessa longa estrada. Do meu pequeno monte de terra, onde eu me enraizava, via vários outros tal como eu: a esperar. Talvez eles esperassem por algo que desejavam. Será que desejam ou será que estão conformados? Por acaso estão conformados, apesar de desejarem? Para estar conformado é preciso saber o que é bom e mau para si. Porém saber o que é bom ou mau para si é sinal de consciência de si. Pergunto, sabiam eles da existência de si mesmos? Eu sabia da minha própria, mas não podia dizer acuradamente se os outros, mesmo se apresentando da mesma forma, eram como eu. Haveria alguma possibilidade de me comunicar com eles? Aparentemente não. Dura como pedra, minha crosta era densa o suficiente para impedir qualquer tipo de comunicação com meus "iguais", e minhas raízes eram ridiculamente estreitas para alcançar quem quer que fosse.

Reflito e penso que sim, deve haver alguma forma de me comunicar. Talvez eu realmente seja diferente de todos os outros, ainda que aparentando a mesma dureza. Insensível às sutilezas da vida em movimento, me acreditava semelhante a eles. Era necessário, pois, um olhar mais apurado, desbravador.

No despertar de mais uma manhã, acordei desejando ver mais, observar, conhecer o que passara despercebido, aquilo que na simplicidade do momento não foi lento o suficiente para chamar a minha atenção. Era a chave que tanto quis ter, sem saber procurá-la. A chave da paz, da calmaria, de uma nova suavidade. A nova suavidade do olhar aprendido na vivência das tempestades, dos desmoronamentos, do Sol abrasador que queima os que não suportam o poder da vida, já que o poder da vida está no contato com a terra e que, sobre ela, o Sol se impõe.

Agora, aqueles que eu considerava meus iguais já não eram tanto assim. Muitos, ao cabo de meio dia sob o Sol escaldante, já pediam arrego, suplicando por nuvens que viessem acabar com seus sofrimentos. Os mais novos, no período de poucos dias, voltavam ao pó do qual se originaram. Outros começavam a apresentar uma cor acinzentada, às vezes marrom e amarela, demonstrando a desidratação a que eram submetidos.

No entanto, estava eu ali suportando toda a dureza da vida. Suportava, pois não havia outro modo de ser. Só não sabia o porquê de conseguir chegar a tal perseverança e rigidez de mim mesmo. Enquanto a vida perseverava à minha revelia, ainda que herculeamente, ao redor somente a secura e a falta de vitalidade eram percebidas. Foi-me necessário perceber que, sem esse fechar-se sobre mim mesmo, o ar seco e cortante teria levado de mim o pouco de vida que me mantinha vivo.

Como viver, então, longe da minha vida idealizada para além dos meus limites territoriais? Será que, de toda a pujança da vida, era eu uma amostra insignificante, mas, por isso mesmo, parte essencial daquilo tudo? Essa última suposição era a que mais se comprovava.

De tudo o que eu havia vivido como um cacto, o ato de perseverar na aridez era o que mais havia me marcado. Por mais que meus desejos me fizessem infeliz enquanto eu buscava o que não poderia ter, quando desejava ter o que os outros possuíam; quando achava que deveria ter mais água, mais sombra; ainda assim essa mesma força desejante era aquela que me incentivava a manter-me em pé, duro como uma rocha e firme como uma âncora. O desejo pela vida era o que me fazia fixar mais ferozmente as minhas raízes pela terra ressequida. Talvez seja a fé ou o desejo da fé. Quem sabe? Ou seria a fé um desejo de vida? Um desejo que esperasse, sem ter nenhum tipo de prova sobre aquilo que está por vir: ter a vida em sua plena potência e fluidez. Fluidez e potência de um rio caudaloso que corre por entre as pedras e as margens que o cercam, sem se deixar deter. E, quando bloqueada, a água salta sobre, arrasta para, conduz a, e encharca tudo o que a impede de se mover.

Por mais contraditório que possa ser, as mesmas raízes que me seguravam ao chão, protegendo-me das intempéries, fundamentais no prolongamento de minha vida, eram as mesmas que não me permitiam ser arrastado pelas águas que descem dos céus em forma de rio. A violência do fluir das águas não me atingia da maneira que atingia as outras formas de vida ali presentes. Vi muitos dos meus serem arrastados para longe. Para onde eu não sei. A distância era demais para que eu, de meu montículo insignificante, pudesse vislumbrar seus destinos. Tenho pensado em recolher um pouco as minhas raízes, sem conseguir, contudo, tomar a decisão derradeira. As questões são muitas.

Questiono-me se aqueles que foram arrastados já não teriam passado por todas as experiências pelas quais passei, fazendo de mim um candidato futuro do fenômeno da fluidez redentora.

A manhã irrompe com o espreguiçar das montanhas no horizonte, fazendo com que o grande astro adormecido surja do seu sono. Ao meu lado descansava uma faca bastante afiada, capaz de causar seríssimos danos aos mais diversos tipos de materiais. Guardei-a comigo.

Levanto-me e, imitando as montanhas, me espreguiço depois do descanso. Da fogueira somente sobravam cinzas e pequenos pedaços de madeira em brasa. Assim que dou o primeiro passo, olho para a taça de champanhe jogada ao chão e, com toda a vontade, piso nela com meu pé calçado, destruindo o último resquício da minha antiga sede insaciada.

Volto pelo caminho por onde o selvagem havia me arrastado e sigo na direção oposta da que viemos. O índio desaparecera sem deixar rastros, nem indicações de para onde eu deveria ir. Sigo meu caminho na esperança de encontrar aquele traidor ou mesmo qualquer um que pudesse me tirar daquele lugar. O Sol, já alto no horizonte, começa a me lembrar das feridas que estavam espalhadas por todo o meu corpo, frutos da violência proposital aplicada no transporte do meu corpo do carro até o local do ritual.

Eu olhava para baixo. Meus olhos baixos eram os olhos com os quais eu me guiava na escuridão interna escondida pela claridade nauseante do Sol em minha frente. Quando mais intensa é a luz, mais a sombra se esconde. Talvez por isso os olhos olhassem para baixo — à procura de vida —, já que a minha sombra se escondera do Sol para se refugiar em algum canto obscuro, e, quanto mais distante de mim, menos vivo eu me sentia.

Algumas horas — quem o sabe? — passaram em minha caminhada solitária sobre a estepe morta e retorcida.

Inesperadamente, avistei uma pequena construção algumas milhas longe de mim. Uma imagem produzida pelo implacável astro rei que, além de me cegar, me provocava alucinações? Não me importava. Continuei a caminhada.

Não! Era real aquela singela construção. Singela, mas atrativa. Chego cada vez mais perto do meu destino: pude sentir que aquela construção era meu destino imediato. Estranhamente, sem que houvesse um motivo, percebo uma grande represa a alguns quilômetros de distância. Um golpe de ar vindo daquela direção trouxe um cheiro fétido! Nem uma grande cidade com todas suas pestes e mazelas seria capaz de criar tão empesteante ar para se respirar. Havia algo naquela represa que me chamava mais atenção do que aquele fedor infernal, sem que conseguisse identificar o quê.

Quanto mais chegava perto da construção, mais me sentia incomodado e agitado. Mesmo assim prossegui. Não havia quaisquer outros cômodos, somente um espaço em que deveriam caber quatro pessoas de pé, no máximo, e um cômodo ainda menor, que parecia o banheiro. Com meu pé direito — o descalço — dou o primeiro passo para dentro daquela construção. Em algumas prateleiras organizadas na parede, à esquerda, estavam alguns brinquedos, na maioria bonecos, que remetiam a personagens de desenhos animados da minha infância. À esquerda estava um pequeno toca-fitas infantil vermelho, cujo microfone estava pendurado na direção da porta da entrada, balançando, como se tivesse sido usado recentemente. Uma cadeira vazia era prova da presença momentaneamente ausente que ameaçava os desprevenidos.

Inesperadamente, ouço um barulho de caminhonetes e de um grande veículo ainda maior que os outros. Atrás de mim surgem homens encapuzados e com trajes de guerra. As armas que seguravam eram capazes de derrubar helicópteros; e suas granadas, tanques. Um deles encostou o cano de um fuzil em minhas costas pedindo que eu colocasse meus braços para trás, sem dar mais detalhes do que acontecia. Acatei as ordens, é claro. Nunca se sabe o que pode acontecer caso não se obedeça às ordens dos que não possuem face. Levaram-me para um ônibus — muito similar àqueles de turismo em grandes cidades —, deixando-me acomodado no segundo andar.

Assim que o veículo deu a partida, uma cobertura de vidro surgiu acima, deixando a mim e aos meus companheiros fardados protegidos não sei do quê.

E, das profundezas daquela superfície árida e morta, visitada somente pelos abutres e outros usurpadores da vida alheia — também visitada pelo fedor sulfuroso que parecia sair diretamente do inferno —, surgiu um túnel em direção ao subsolo, asfaltado e bem iluminado. Que sofisticadíssima tecnologia, pensei, ainda que tenha sido construído em lugar tão inóspito, onde nada nem ninguém poderia achar-lhe útil. Descemos. Curioso era aquele espetáculo.

Assim que chegamos ao final do túnel, uma luz excitante nos tirou do torpor causado pela escuridão do caminho. Um outro mundo desfilava a minha frente: um mundo estranho, azul-turquesa e belo. Por acaso não estranhamos tudo o que seja demasiadamente belo? Pois é, tudo aquilo que meus olhos desbravavam, apesar de ser desconhecido por mim, era apaixonante e aterrorizante ao mesmo tempo. Estes últimos adjetivos são indissociáveis. Aquilo que é novo, não categorizado, não dominado, é gatilho para o aparecimento do receio e do medo.

Apesar do medo que sentia, podia perceber a ausência de ameaça que aquele mundo "recém"-descoberto tinha sobre mim. Fui deixando as novas sensações tomarem conta de todo o meu corpo.

Passamos por um bulevar decorado pelas mais lindas algas já encontradas em solos bentônicos; por indivíduos de cara de peixe altamente sedutores; sereias que pareciam estar se dirigindo para a aula de música — dados os livros e os instrumentos que carregavam —; por restaurantes especializados em frutos da terra, frequentados, ao que me parecia, pelos cidadãos mais importantes do curioso país submerso.

Algo peculiar surgiu diante de meus olhos: em frente a uma casa-concha havia uma placa de vende-se, e, depois dessa, uma outra casa feita de algas vermelhas também estava com a mesma placa. Uma após a outra apresentava o mesmo anúncio. Infelizmente os meus simpáticos companheiros de transporte não eram muito comunicativos, senão já teria perguntado o porquê daquela aparente evasão em massa.

Cinco minutos mais tarde fui convidado a saltar do ônibus-anfíbio. Fui levado algemado, com os braços para trás, para uma grande praça onde, ao fundo, podia ser visto um edifício que parecia ser da administração da cidade submersa.

Assim que lá entrei, me direcionaram a uma sala que ficava no andar superior, logo após o hall principal, que era constituído de duas escadarias gêmeas circulares. Em sua cadeira giratória, de costas para a entrada e observando o movimento exterior através das vidraças, me esperava o administrador.

— Bem-vindo! — disse ele, desculpando-se em seguida pela forma nada agradável pela qual fui conduzido ao seu ambiente de trabalho. — Apesar da violência, peço que me escute por alguns instantes, antes de se queixar, para que saiba o porquê da urgência de tal reunião.

Primeiramente, o administrador se ateve à narrativa de apresentação da cidade submersa. Foi aí que soube que era uma cidade e não um país, como imaginei logo de início. Esta fazia parte de um conglomerado de províncias, e estas, por sua vez, faziam parte de uma nação submersa. Deu detalhes de suas atribuições como administrador central dessa cidade, de suas tarefas e atribulações. Relatou os problemas mais recentes que enfrentavam no momento, sendo que o mais preocupante era a questão da migração. Soube que esse fenômeno era não só esperado, como parte de um ciclo migratório natural dos habitantes daquelas paragens. O problema era que a movimentação populacional esperada não estava ocorrendo.

Ele me propôs um acordo: gostaria que eu o ajudasse, e aos seus encarregados, a resolver essa questão. O único que poderia abrir caminho para que o fluxo migratório continuasse normalmente era eu. Caso eu negasse ajuda, me tornaria seu refém por tempo indeterminado.

O lugar para onde migrariam não eram as outras cidades submersas, tampouco outras províncias, muito menos outros países. A população precisava ir à superfície, dando espaço para que outra leva migratória contrária pudesse se encaminhar para o fundo do oceano. As diversas casas com placa de vende-se ou aluga-se eram consequência do bloqueio alfandegário. Como os cidadãos, solitários ou com família, não podem permanecer por muito tempo em seus lares — depois do tempo limite são levados a um abrigo —, também não havia quem ocupasse essas habitações vazias.

Algum tipo de bloqueio estava interrompendo o trabalho dos escritórios de fronteira, atrasando as vidas e os projetos futuros daqueles que esperavam pela viagem à superfície, e daqueles que esperavam na superfície para chegar ao mundo submerso.

De carro oficial, deixamos o palácio de governo para ir em direção à fronteira. Distante de todas as construções, pessoas e qualquer coisa que lembrasse qualquer intervenção "humana", chegamos a um ambiente deserto e silencioso, no limite da cidade.

Havíamos chegado ao controle de fronteiras.

Era uma pequena construção que continha mesas, cadeiras e diversos materiais de escritório. Ao seu lado estava uma grande porta de vidro, que se encontrava fechada. Ela dava para uma espécie de corredor transparente e vertical que se dirigia para a superfície. Todo esse corredor, que lembrava um canal por onde os elevadores costumam passar, era todo envidraçado, deixando entrever o conteúdo presente em si. Este, pelo que pude observar, era um líquido quase negro e viscoso, que descia desde a superfície até o fundo. Não compreendi como eu poderia dar jeito na crise migratória naquele lugar.

O administrador me levou para próximo da porta e me demonstrou um mecanismo bastante simples de abertura. Contudo, a engrenagem danificada desse mecanismo estava do outro lado. Do lado de cá, nada podiam fazer.

O plano foi ficando cada vez mais claro para mim. Cheguei à conclusão de que era eu quem deveria me deslocar até o final daquele corredor. Isso não parecia um problema, pois eu já tivera algumas experiências com mergulhos em profundidade.

Perguntei ao administrador o porquê de ser eu o responsável pela liberação da passagem, ao que me respondeu:

— Você é o único que possui acesso à superfície e ao mundo subaquático sem que exija muito sacrifício de seu organismo. Aqueles que aqui vivem, quando emigram, não podem voltar ao fundo por longo tempo sem o devido preparo e, se voltarem, sofrerão de variadas desordens orgânicas. Do mesmo modo acontece com aqueles que vêm da superfície.

Questionei-o acerca da presença, na superfície, dos vigilantes armados que violaram meu direito à liberdade, quando me levaram coercitivamente para o lugar no qual estava.

— Não há mais tempo para qualquer tipo de diálogo. A cidade está à beira de um colapso. Qualquer tempo desperdiçado pode pôr em risco toda nossa sociedade. Por isso a ação coercitiva — disse o administrador.

Perguntei se eles sabiam o motivo que fizera o mecanismo de abertura parar de funcionar como deveria.

— Lembra-se do acúmulo de água poluída a metros de distância da guarita de onde te recolhemos? Sim, aquela fétida e repulsiva. Acontece que é uma via de descarga de elementos inúteis, não mais necessários, produzidos pelos habitantes da superfície. Ela flui continuamente para baixo, dissolvendo todos as substâncias prejudiciais com a camada limpa de baixo. Contudo, a quantidade de coisas desprezadas e descartadas aumentou consideravelmente, deixando o líquido cada vez mais espesso, a ponto de solidificar justamente o mecanismo de abertura automático que é ativado rotineiramente. Esse movimento permite a nutrição da camada aquática inferior e a despoluição parcial da superfície. A superfície nunca estará completamente despoluída, mas é necessário dar um destino ao lixo lá produzido. Bom, mais alguma pergunta? Podemos prosseguir com as atividades? — perguntou o administrador.

— Obviamente! — respondi.

Meus amigos sequestradores me levaram de volta para a superfície. Junto estavam todos os equipamentos necessários para a empreitada. Em menos de cinco minutos — tempo máximo que podiam ficar por lá —, já me haviam colocado dentro do traje de mergulho e me levado à plataforma de descida, para que entrasse em uma cápsula de vidro, em seguida. Era por meio dessa cápsula que os emigrantes subiam e desciam.

Lá entrei e esperei até que ela começasse a se dirigir para baixo. Como a diferença de pressão do mundo submerso e da superfície é bastante alta, sendo necessária a adaptação dos organismos que por lá transitam, dadas as diferenças estruturais dos corpos, o processo de descida e ascensão é um pouco demorado.

A cápsula me levou até a porta com a qual me deparara pelo lado de fora. Contudo, era difícil — quase impossível — enxergar o que havia ao redor. Eu sabia que não teria outra forma de abrir a porta, a não ser saindo de dentro da cápsula e tateando a porta à procura do defeito.

Já do lado de fora, faço um esforço imenso a cada passo para chegar à porta. Parecia que o líquido ficava cada vez mais denso à medida que avançava. Com dificuldades, consigo alcançar a porta com meus dedos enluvados.

A roda dentada, que fazia girar a tranca, estava totalmente coberta por milhares de filamentos escuros e hiper-resistentes e eu não conseguia arrebentá-los por causa das minhas luvas pouco precisas para tal serviço. Tentei diversas vezes, mas os filamentos me pareciam inquebrantáveis. Lembrei-me da presença de uma faca em um dos meus bolsos laterais. Peguei-a do velho índio quando me levantara atordoado do ritual no meio do deserto.

A princípio, pensei que o selvagem a tinha deixado ali propositalmente, mas, no decorrer da caminhada, deixei esse questionamento de lado. Será que, de uma forma obscura, ele sabia que eu precisaria daquela ferramenta?

Acontece que, para usá-la, deveria deixar meu traje e me aventurar do lado de fora, pois me era impossível manejar qualquer tipo de ferramenta dentro daquele escafandro. Ele também limitava minha visão, meus passos e minha destreza com as mãos. O que será que essa substância causaria em meu corpo, caso entrasse em contato direto comigo? Corroeria minha pele? Eu ficaria intoxicado? Não sabia, mas tinha de fazê-lo de qualquer forma, já que eu estava retido pelas forças de segurança subaquáticas até que resolvesse o problema, como disse o administrador.

Pelo microfone interno, peço que, remotamente, abram meu traje para que possa desbloquear a porta. Prendi a respiração e, depois de um estalo, o traje foi despressurizado, deixando o estranho líquido envolver todo o meu corpo. Ao contrário do que imaginava, o líquido não produzia nenhuma reação fisiológica, mas causava outros efeitos não menos perturbadores.

Essas reações eram de ordem psicofísica. O contato fez com que uma grande e ininterrupta quantidade de lembranças, experiências, sentimentos e emoções surgissem em minha mente. A cada lembrança sobrevinha um tremor diferente. Não eram tremores de frio, nem de horror, mas da intensa experiência emocional e sensorial que aquelas memórias me traziam. Diante daquele turbilhão, ficava ainda mais difícil seguir no processo de liberação da porta.

Interessante como eu estava familiarizado com tudo aquilo. Percebi que aquela substância tinha uma origem muito bem conhecida por mim. Fora eu mesmo quem a produzira! E, do meu mundo mental, quando não mais serviam para mim, mandava-as diretamente à minha própria rede de esgoto, tendo por destino o lago de dejetos logo acima. E o emaranhado que prendia a engrenagem da porta era fruto de todo o emaranhado de pensamentos irresolutos, teimosos e obsessivos.

Como nunca os desembaralhei, deixei que fossem descartados, mesmo sabendo que um dia teria que vê-los novamente. Apalpando o espaço que tinha em frente, andava às cegas, tateando a substância à procura do ponto de corte. Eram complexos os filamentos ali acumulados. A cada toque de um desses fios, uma conexão interna se estabelecia. A cada respiração, um odor há muito esquecido penetrava as minhas narinas, trazendo à tona lembranças de tempos imemoriais.

Um ipê rosa aparecia agora em minha frente. Junto a ele uma cesta com frutas e queijos aguardava ansiosamente pelas mãos que a levariam ao meu alcance. Bem no meio de uma toalha estendida sobre a grama, havia um incenso que liberava um intenso odor calmante. Essa era apenas uma das composições odoríferas que experienciei naquele momento.

Infelizmente, como nem tudo é agradável, também os odores menos requisitados quiseram marcar presença. Carne podre da morte ameaçadora; mofo do alimento esquecido e não conservado; sangue coagulado de feridas continuamente abertas e cutucadas eram o lado ruim do assalto que sofria dessas lembranças teimosas que se apresentavam novamente para mim. A cada toque, um choque diferente. A cada cheiro, uma náusea ou fôlego renovado. A cada lembrança, as brasas em chamas do arrependimento ou das tensões corporais recém-adquiridas. Essa profusão de experiências tornava a já difícil liberação da porta algo quase impossível.

Um fio marrom passava bem diante de meus olhos; à minha esquerda ele se dirigia. Entretanto, um sopro invisível parecia ter redirecionado o fluxo daquele fio, cujo conteúdo não era identificável. À direita ele ia, em direção da fechadura da porta para onde eu igualmente me dirigia. O filamento se juntou a um grupo de fios concentrados, flutuando em torno de um núcleo concêntrico. Ali estava um grande espaço vazio, sem fios, que me seduzia a alcançá-lo. Os filamentos emitiam uma luz intermitente, como que sinalizando a necessidade de aproximação.

À medida que caminho até lá, as luzes vão piscando cada vez mais rápido, e, quando toco naquele círculo, sou imediatamente jogado para trás pela força arrebatadora ali concentrada. Contudo, não perdi a consciência, apesar de ter sido transportado mentalmente para outro lugar.

O brilho negro de meus olhos exibia o infinito particular para onde eu havia sido levado. O que via era o meu *eu* quando criança, caído no chão. Não por ter sido impactado por algo externo, mas por não ter forças para se sustentar sobre a bicicleta enquanto a guiava. Até então achava que o motivo que me levara a cair era uma mera questão de desequilíbrio físico — o que não era, de fato.

Soube, naquele momento, que a queda também tinha sido provocada por Oplopitus. Ele me provocara um lapso de consciência no momento exato em que fazia uma curva para a direita, fazendo com que o guidão da bicicleta virasse mais que o necessário, desequilibrando e travando a roda dianteira. Era a primeira ferida provocada pelo grande mago revelado no planeta Caravana. O desequilíbrio ali provocado por ele é um desequilíbrio em direção ao equilíbrio.

Era preciso cair para saber se levantar.

Essa foi a minha primeira queda. A queda da suposta importância que consagrava a mim mesmo diante dos outros. Importância do sujeito que se supõe equilibrado e ciente de todas as suas forças. Aquele que sabe para onde virar, qual caminho escolher. Entretanto, a queda me ensinara uma grande questão: nós não dominamos nosso próprio o destino, o destino é que nos domina. Isso não quer dizer, necessariamente, que somos passivos diante dos fenômenos que se desenrolam diante dos nossos olhos, mas que onde o destino nos coloca é o melhor lugar para desenvolver toda a nossa potência.

Contudo, era necessário continuar e fazer a curva, mesmo sabendo da possível queda. Virar para o caminho contrário era, porém, virar para o já conhecido, estacionando na própria zona de conforto. Estacionar era, portanto, decrescer, já que as forças do interior do ser sempre nos levam para o além do que já foi, do que é, do que se pensa ser possível, fluindo pelo *vir-a-ser* de toda a natureza.

O virar daquela curva vinha da decisão de um pirralho que acha que sabe para onde deve ir, crendo ser o senhor — de apenas um metro e meio — de seu destino. Se, hipoteticamente, o que me guiasse pela curva fosse o simples desejo de realizá-la e continuar o caminho que vinha logo em seguida, a queda não se daria.

O além de si não pode ser conquistado sabendo-se de antemão onde está localizado, pois, dessa forma, não seria mais além de si, pois ele já foi alcançado. O além de si é construído na própria caminhada, nos passos que se dá em direção ao que está logo ali, mas que não se sabe o que é.

O que eu aprendi então com aquela queda? A buscar a curva que está adiante, a reta que está depois dessa curva e nada mais. O logo ali era o limite. Podia, assim, utilizar minhas forças para aquilo de que eu era capaz. À potência de criança eu havia voltado. Ao peso que os meus pequenos braços e pernas, ombros e costas podiam suportar.

Após essa epifania voltei ao local onde estava: estirado ao chão depois do impacto das memórias concentradas naquele ambiente escuro e estranho.

Levantei-me do chão, sentindo como se tivesse recebido um soco na costela, quase sem fôlego. Minhas pernas pareciam, agora, mais fortes do que jamais foram. Ou, talvez, o peso que passara a levar era somente o do meu próprio corpo, dos átomos que só a mim pertenciam e a mais ninguém.

Encaminhei-me até o portão com os olhos em brasa, mãos frenéticas de energia, pés ágeis e firmes ao chão. Os contatos com outros fragmentos não me distraíam mais. A única coisa que deveria fazer era liberar a porta ao fluxo nutritivo que deveria correr por ambos os lados. Retirei a faca que estava em meu bolso e comecei a cortar toda aquela cama de gatos que impedia o mecanismo da tranca de funcionar. Os cortes eram rápidos e precisos. Decididos, como aqueles feitos por alguém que, em meio à floresta, corta galhos, folhas e cipós para abrir o caminho denso, deixando a luz entrar.

Todos os fragmentos, depois dos golpes, nada mais eram que pedaços de papel voadores que fluíam ao meu redor. Nenhum deles se mantinha na tranca. A porta estava, portanto, limpa. O grande momento havia chegado, e estava sob minha responsabilidade fazer com que tudo isso acontecesse. Da mesma forma que o capitão de um barco domina o leme para direcionar o barco de acordo com seu desejo, aciono o mecanismo da tranca, girando-a para esquerda.

Um som metálico e agudo se espalha rapidamente ao meu redor, ecoando por todo o lodo de lembranças. Sob o som do eminente abrir de portas, não só os fragmentos mais próximos, como todos os que ali estavam adquiriram um brilho diferente, como se a vida voltasse repentinamente a fazer parte da existência deles.

Ao tocar na maçaneta, sinto imediatamente que as coisas não seriam mais as mesmas, nem ali no mundo subaquático, nem em minha própria vida na superfície. Contrariamente ao que havia esperado, o fluxo do lodo para o fundo do oceano não era de forma alguma arrasador. Nenhuma pressão sobre meu corpo foi exercida, conseguindo permanecer em frente à porta aberta sem nenhum esforço. As memórias fluíam de dentro da porta para fora com calma e disciplina oriental. Era possível vê-las se espalhando tranquilamente pela água até atingirem distâncias longínquas, chegando, inclusive, ao limite do país e, em pouco tempo, às águas estrangeiras. O efeito de tal atitude não poderia ter sido mais encantador. As plantas ao redor, que estavam para morrer, adquiriram nova vitalidade, novo brilho, nova vida. O efeito salutar era perceptível em todo lugar onde os olhos pousavam.

Caminhei em direção ao administrador com passos lentos, sob a sensação de dever cumprido. Seus seguranças aguardavam bem relaxados pelo meu retorno, fumando seus cigarros em clima alegre e otimista. Assim que cheguei ao lado do carro, o administrador ergueu as mãos para saudar-me, porém, como não parecia caber em si mesmo de tanto contentamento, deu-me um abraço caloroso e demorado. Ao fim dessa demonstração inesperada de afeto, olhou para mim com olhos úmidos e me agradeceu por aquilo que ele considerava um ato de coragem, que salvou a existência de seu país, mas também salvou da podridão o mundo superior, onde se acumulavam os detritos dispensados pelos seus habitantes. Convidou-me para que entrássemos no carro e seguíssemos o caminho de volta à cidade. À medida que seguíamos pela estrada, percebia mais da grande mudança que começava a se operar a nossa volta. As pessoas que encontrávamos tinham um novo brilho no olhar, brilho de esperanças renovadas e de potência para a vida. O fluxo da vida voltara ao seu normal. As casas que antes pareciam abandonadas recebiam diversos visitantes desejosos de ocupá-las, me levando a compreender um pouco mais desse constante movimento de migração. Algumas figuras curiosas por quem havia passado, assim que chegara ao reino, carregavam suas bagagens, grandes o suficiente para empreender viagem de longa data. Novamente eu via um mesmo indivíduo que eu vi assim que cheguei à cidade submersa. Ele carregava o mesmo instrumento musical, mas, além dele, carregava também várias bagagens, sinal de que empreenderia longa viagem para o reino superior. Será que o futuro providenciará um encontro entre nós dois na superfície?

Outras figuras não menos interessantes faziam o caminho contrário. Poucos eram os que, no curto espaço de tempo, desde a abertura do portão, não haviam conseguido chegar ao mundo bentônico.

Em um momento vi um ônibus que trazia passageiros desde a área de migração até o centro da cidade. Seus rostos, apesar do alívio, demonstravam extremo cansaço, dado o tempo que demoraram para conseguir chegar ao seu destino. O primeiro a sair do ônibus foi um sujeito aparentando ser um executivo de uma grande empresa. Ele carregava sua maleta, provavelmente cheia de papéis extremamente importantes e confidenciais. Outra figura que de lá saiu foi um sujeito também vestido de terno, mas daqueles usados por pilotos de avião, e, em sua cabeça, via um chapéu decorado com uma insígnia que confirmava seu vínculo com as forças aéreas. Além destes, saíram do ônibus um *rock star*, uma atriz de televisão mundialmente conhecida; um formador de opinião de tabloides; um milionário qualquer; um agente da polícia de inteligência; um ex-presidente de um país desenvolvido; um asceta indiano; um padre católico ortodoxo; um cientista positivista; um surfista; uma prostituta; um minerador; um escritor de romances fúteis e medíocres; um técnico de computação; um motorista de ônibus; um agente funerário e, finalmente, um jogador de futebol.

Novos tempos haviam chegado. Uma nova intensidade de vida havia nutrido as esperanças de ambos os lados, esperança conseguida pelo poder de fluir devolvido à vida. Em cada olhar era possível perceber o que vislumbravam. Era um misto de um colorido lisérgico, junto a um coração tímido em seu pulsar, mas que, de tempos e tempos, explode, não se contendo em si mesmo.

Lá embaixo o clima era de esperança, mas também de paz, uma paz duradoura e envolvente. Contudo, essa não era a paz à qual todos estão acostumados — uma paz livre de lutas e vazia de conteúdo —, e sim a paz da consciência e da inconsciência, que sabem caminhar para voos cada vez mais altos, mais profundos, com olhos de águia e movimentos de serpente, com a fluidez do albatroz e a agilidade de um leopardo. A esperança de ver-se além de si mesmo, não negando aquilo que se é, mas fazendo do passado, presente e futuro uma coisa só: uma nova divindade. A mutação para algo inteiramente novo, porém conhecido como potência, era o que animava aqueles olhares — e o meu também.

O administrador, toda a sua equipe e eu voltamos ao centro administrativo do país. Em seu gabinete, ele ofereceu uma pequena refeição, seguida de uma xícara de café. Alimentado de corpo e espírito, sinto uma leveza pairando a nossa volta, pairando somente. Nutrido estava pelo alimento que circulava por ambos os lados. O alimento que me nutria deveria ser usado não só para mim, mas para todos aqueles que me rodeavam. O alimento que provocava aquela leveza contagiosa era o combustível para a construção do que estaria por vir, impossível de ser gasto em vão, sob risco de arrepender-me.

Convidou-me, o administrador, para que fôssemos à sacada fumar um cigarro. Debruçados sobre a mureta de proteção, em um clima extremamente amigável e tranquilo, ao mesmo tempo austero, foi-me transmitido quais deveriam ser os passos a seguir.

Não imaginava, verdadeiramente, que ainda haveria passos a seguir. Já não bastava a ferida na floresta? Já não bastava a violência da fera sobre sua vítima indefesa? E quanto ao sofrimento no deserto? Seria arrastado novamente por um sujeito violento e selvagem para um novo mundo desconhecido e talvez, quem o sabe, inóspito e impossível de se escapar? Era o que mais temia! Parecia estar cada vez mais longe do início de tudo isso, quase me fazendo perder a referência de quem era. Esse sentimento era amedrontador.

Estou sobre a corda esticada. De um lado, o que há de mais animal, mais terreno, mundano, vivo e mobilizador. Do outro, há a consciência, o espírito, a alma, o ar, o céu, o pensar e o frio. Estou sobre a corda — sempre estive sobre ela —, só que agora me foi tirado o bastão que me ajudava a me equilibrar. Não sei se volto, vou ou se fico onde estou. Há bastões reservas nos dois lados. A pergunta é para que lado ir. Deixar-me cair também era uma possibilidade. Deveria cair sob efeito da gravidade, sendo arrastado sem perdão para o abismo do nada absoluto, da covardia daqueles que não suportam o esforço de se equilibrar na corda bamba da vida? Para onde ir? Ser dominado pelo poder da terra, pelos seus elementos densos e escuros, ou caminhar em direção ao pensar, ao racional, à frieza do espaço sideral, tão leve como o ar, mas também frio como o gelo? Era uma pergunta difícil de se fazer. Mais ainda o era o primeiro passo em direção ao lado escolhido. Uma decisão precisava ser tomada imediatamente, sob o risco de nem mais essas duas opções ter em minha disposição.

— Tínhamos um acordo — disse o administrador. — Sabes que não pode bloquear o fluxo que agora está como sempre deveria estar, sob risco de colapso para os dois mundos. Só está passando por tudo isso agora porque o acúmulo de material se tornou denso e pesado, dada sua concentração no mesmo lugar, tornando a resolução do problema mais difícil a cada dia que se passava. O tempo é um grande amigo, mas também pode ser um inimigo. A cada minuto, hora, dia ou ano passado sem que o fluxo ocorra, o quádruplo de tempo será necessário para que esse fluxo se restabeleça. Não digo que todo esse estrago tenha sido culpa sua, porém estás consciente de que, quando obteve o conhecimento do poder sobre esse fluxo, ainda assim, nada fez para restaurá-lo. Se acontecer novamente, não haverá piedade. A violência com que te tratamos há pouco será ínfima comparada com aquela com que devemos te arrastar. Arrastar-te-emos ao inferno! O inferno que tu mesmo hás de produzir, caso não aceites as sugestões aqui consideradas. O sangue que provaste naquela festa não será mais o seu, e sim sangue inocente, trazendo a si a culpa arrasadora de ver os que ama afogados em seu próprio mar de sangue. Seja como for, só há uma escolha agora: ir além, ou voltar 1.000 passos.

Não havia nada que pudesse sair de minha boca suficientemente importante para aquela conversa. Assentir com a cabeça era a única coisa possível.

— Agradeço esta oportunidade, de coração — eu disse com grande esforço, já que minha garganta teimava em permanecer bloqueada para tudo o que fosse fútil e desnecessário.

Apertamos as mãos, e saí de seu gabinete. Desci a escadaria do palácio e dei de cara com um de seus guarda-costas. Este me apontou com os braços, polidamente, a direção que deveríamos tomar. Seguimos para o pátio, e avistei o ônibus com o qual realizara essa viagem tão fantástica, tendo a certeza de que seria este o meio pelo qual haveria eu de voltar à superfície. Embarquei no veículo, sentando-me no mesmo lugar da viagem de vinda, percebendo o quanto aqueloutro que veio mudou em tão pouco tempo, tendo um vislumbre da extensão e quais os ensinamentos adquirira em tal experiência. Porém, só aos poucos teria real consciência dessa mudança. Primeiro porque as mudanças estavam acontecendo a toda hora. Segundo, o final de uma mudança acaba sempre por chegar a uma nova e mais desafiadora. Esse é o mundo das mutações, do ir e vir, do modificar, do modificar-se, do vir a ser. Podemos, igualmente, não aceitar a mudança e permanecer imóveis no caminho já transcorrido. Ir contra essa força é, contudo, provocar a morte do que há de mais sagrado em nossa natureza humana.

Não posso defender uma busca descontrolada e apressada pelas mudanças, mas o caminhar é o destino, mesmo não sabendo se é certo ou não. Adiante, depois do erro cometido, saber-se-á qual o melhor caminho tomar, pois o último já nos é familiar e, portanto, descartável.

Em minhas conjecturas, observei por entre a janela, a menina dos olhos — e que olhos. Sabia o que eles despertavam em meu íntimo, como nunca antes soube. Invadia-me! Furava-me, distorcia-me, torturava corpo e mente, língua e ouvidos. Sentia-me sob o jugo daquele olhar os mais distantes sentimentos, cujo contato achava não ser mais possível ter, nem agora, nem em mais de um milhão de anos. O sentimento era do mais profundo enternecimento, da doçura do mel mais puro das flores selvagens, da potência de choques de gigantes tectônicos. Ah, mas que terror. Tal desejo impacto me impedia querer qualquer outra coisa que não estar ao seu lado. Por um momento achei que seria possível tê-la, criando a des(esperança) mortal e suplicante de um cacto na aridez de um grande deserto.

Quem sabe eu não haveria de vê-la novamente?

Depois de ter atravessado todo o deserto da superfície dentro do ônibus, chegamos a um aeroporto bem no limite daquela paisagem árida. Ao descer, o motorista me deu uma mala de mão, suficiente para carregar umas poucas mudas de roupa, e uma passagem de avião. Torci para que tivesse minha casa como destino. Fixado à passagem estava um breve bilhete de agradecimento pelos serviços prestados e o oferecimento da passagem junto à mala como simples presentes de reconhecimento do meu esforço.

A viagem

Eram dez horas da manhã quando o ônibus me deixou no aeroporto. Havia chegado com bastante antecedência para um voo que era doméstico, cuja partida seria somente à uma da tarde. Dou algumas voltas pelo saguão, sabendo que nada encontraria de interessante. Eu podia estar em qualquer lugar do mundo nesse ambiente, não fossem os letreiros que denunciavam o idioma falado no lugar onde estava. Umas duas lojas de lembranças também afirmavam tal informação.

É incrível como só o fato de cruzarmos a entrada nos cria, imediatamente, uma terrível sensação de insuficiência, de pequenez, de inferioridade. Toda vez que vou tomar um avião, sinto a mesma coisa. Percebo a altura do teto, a grandiosidade dos saguões, a infinitude dos vidros da janela, o ecoar distante dos meus próprios sapatos, sentindo que tudo aquilo fora projetado para causar sensações específicas nos passageiros.

Sempre acho que chegarei atrasado ao portão de embarque, ou que não irei encontrá-lo. Às vezes, que não passarei na revista, mesmo sabendo que não carrego nenhum item proibido.

Tudo aquilo foi construído de tal maneira que nos sintamos achatados pelo mundo, transformando-nos em meros nadas insignificantes, em simples corpos móveis idênticos uns aos outros. O ambiente dos aeroportos nos sufoca quando pensamos na infinitude de lugares para onde ir. É quase um disparate pensar que se quer ficar em um único lugar por muito tempo. Não existe nenhum destino cujo pensar sobre não faça palpitar aceleradamente o coração. Em tempos de fluidez, velocidade, os que simplesmente estão bem onde estão não são bem-vistos, tampouco observados, muito menos dignos de qualquer valor. Para ser grande, é preciso chegar às alturas, observar de cima, ser leve feito um pássaro, rápido como uma bala.

Ah! É como me sinto agora. Venci (?) os miseráveis que, presos como pedras ao chão, olham para mim embasbacados desejando ir para o mesmo lugar que vou.

Já sabendo a direção que deveria tomar para chegar ao portão de embarque, sigo até lá com passos lentos e calmos, afinal, havia chegado com três horas de antecedência. Ao passar pela revista, nada de suspeito. Sigo meu caminho. Desço um lance de escadas e vou passando, em ordem decrescente, por variados portões, sendo trinta e cinco o primeiro. Chegando ao número vinte e sete, número do meu portão de embarque, observo que ele já está permitido, o que me causa estranheza, já que não observara nenhum avião estacionado adiante. Entrego minha passagem (somente de ida) ao fiscal de embarque, seguindo então pelo corredor suspenso. À medida que desço, o corredor torna-se mais escuro, transitando de uma luz natural exterior para a de pequenas lâmpadas incandescentes, fracas, por sinal, até uma penumbra derivada da luz de tochas que se revezam em locais cada vez mais espaçados. Paro, finalmente. Observo ao redor as paredes feitas de pedras grandes, brutas e arredondadas, algumas cobertas com limo e outras cobertas por fios de água corrente, provavelmente provinda de algum vazamento do complexo aeroportuário acima.

À frente, observo um vulto pessimamente distinguível sob o bruxulear da chama, vestido com um traje algo antigo e impossível de ser datado. Em suas mãos há um picador de papel, esperando que lhe entregue minhas passagens para conferência. Entrego o bilhete, recebendo-o de volta com um buraco na lateral.

A partir daí, o corredor se amplia vez mais, até o momento em que se transforma em um grande salão, deixando-me absorto com o tamanho, e ainda mais espantado pelo fato de não haver uma pilastra sequer que sustentasse o teto, que, de tão alto, não podia ser atingido pela luminosidade. Ao avançar, a temperatura ambiente torna-se cada vez mais quente, até atingir nível quase insuportável.

Quando dou apenas mais um passo adiante, esbarro em uma barreira bastante esquisita. Sua superfície é escamosa, fria e disforme. Passo a mão por ela até chegar a dois orifícios por onde saía um vapor úmido e efervescente, fazendo-me gritar de dor e cair para trás. Nesse instante, um par de esferas vermelhas brilhantes surge adiante, direcionando-se para mim após alguns segundos. Na parte central dessas esferas estava um rasgo de cima a baixo da cor verde, que por vezes desaparecia em um piscar de olhos. Um piscar de olhos? Sim, aquelas esferas eram olhos, olhos que agora me olhavam.

Os orifícios de onde saía o vapor que me queimara, sabia-o agora, eram grandes narinas. Nesse momento, não apenas vapor emanava, mas também uma luz avermelhada que se intensificava a cada respiração da besta a minha frente. Fiquei petrificado. Nenhum pensamento me ocorria enquanto o grande dragão se levantava e, aos poucos, se encaminhava em minha direção. Minha mente, de forma abrupta, recuperou sua atividade, agindo de forma não usual diante de um perigo. Levantei-me do chão, com olhos flamejantes iguais aos da criatura em minha frente, indo em sua direção decididamente.

— Estou a seu dispor, para o que desejares — disse a besta.

— Como assim a meu dispor? Nem sei como vim parar aqui.

— Para onde esperava ir? — perguntou-me.

— À minha casa! E agora, novamente, parece que estou cada vez mais distante de lá.

— Não é por acaso que estás aqui, humano. Vá fundo em seu coração e se pergunte o que mais deseja. Ainda que não saiba como, foi seu mais íntimo desejo que te trouxe até aqui.

Durante alguns minutos refleti sobre aquilo que a criatura dizia ser meu mais íntimo desejo. Qual seria ele? Haveria um desejo ainda mais forte do que aquele de voltar pra casa? Em um lampejo, descobri que sim, havia um desejo ainda maior que este último. Ele estava tão escondido, tão fora do meu alcance, que eu nem sequer sabia que ele ainda me preenchia. Durante toda a minha vida, tentei encontrar uma grande vontade, uma que me fizesse arder, e que, das mesmas chamas, viesse a luz que me mostrasse o caminho a percorrer. Eu disse ao grande dragão:

— Quero seu combustível, seu fogo. Desejo, mais do que tudo, o seu grande desejo. O combustível que te inflama, a matéria primeva de toda a sua vida. Quero poder fazer arder minhas entranhas. Uma só fogueira me basta. Há de bastar. Não haverá fogueira maior do que a do grande desejo. E você, o que, por ventura, desejas, grande besta?

— O meu único, grande e ardente desejo é queimar pra destruir.

— O que queres destruir, besta?

— Aquilo que desejares.

— Nada quero destruir, senão construir, levantar, pôr de pé aquilo que jaz deitado sobre o chão.

— Nada sabes sobre a vida, pobre verme. Pois desconhece a grande lei que nos rege?

— Perdão, mas não sei do que falas.

— Ignoras, por ventura, que para construir é preciso destruir? Que para viver é preciso morrer, que para dar a vida é necessário, primeiro, tirar a vida? Ainda não aprendeste que é preciso uma troca equivalente entre vida e morte para que seu desejo seja possível?

Certamente o ignorava, sentindo meus pensamentos bastante confusos.

— Vejo que é capaz de desejar, observo em ti. Contudo, sua chama não passa de uma faísca ao lado do meu grande Sol incandescente. Desejas construir, é certo, mas ignoras por onde começar. Venha! *Ride the dragon, the ancient dragon*. Venha, que te levarei onde hás de começar a construir. Lá te ensinarei a queimar, e, o combustível, tu mesmo deves oferecer.

Sabendo não poder voltar atrás, subo no pescoço da besta, segurando fortemente em suas escamas gélidas e pontudas.

* * *

Um grande tremor que vem da cauda do dragão perpassa o vultoso corpo abaixo de mim, até que chegue em sua boca. Assim que aí chegou ela se abriu imediatamente, liberando uma grande bola de fogo que viajou pelo espaço escuro, até se encontrar com uma parede, explodindo-a em mil pedaços.

A criatura imediatamente correu veloz em direção ao buraco aberto, alçando voo depois de poucos metros percorridos, deixando árvores maiores que ela não maiores que formigas aos nossos pés.

Grandes montanhas vão ficando para trás, assim como rios, florestas e cidades. Enquanto avançávamos o ar ficava cada vez mais gelado, mas, mesmo assim, não senti frio. Depois de certo tempo de voo, começamos a descer vertiginosamente, o que me fez deitar sobre as escamas para que não fosse jogado em queda livre no espaço vazio.

Um pequeno terreno, sobre o qual se encontrava um grande castelo que eu desconhecia, mas com o qual sentia certa familiaridade, aumentou de proporções rapidamente enquanto descíamos. Pousamos na grama verde e impecavelmente cortada que se estendia por incontáveis hectares para onde quer que se olhava, dando-me a entender que essa era a única construção em pé em dezenas de quilômetros ao redor. À esquerda podia-se observar um grande lago verde, de águas tranquilas, quase congeladas. Nenhuma vida se manifestava ao redor, nem pelo movimento das plantas, nem do lago ou de qualquer vida que voasse ou caminhasse pelo chão. O vazio era ensurdecedor: só a meus pensamentos podia escutar, e bem altos eram eles.

A primeira impressão era de que a vida nessa propriedade havia sido erradicada por uma vontade consciente. Ainda que houvesse vida vegetal nos rodeando, as cores não fugiam de um verde muito escuro, algumas vezes confundindo-se com cinza, por pouco não se misturando ao céu nublado.

Minha carona esperava pacientemente meu atordoamento passar, para que, por fim, pudesse me comunicar algumas coisas.

— Eis ao seu lado — olhando para o castelo — o que deves começar por destruir.

— Certamente não estás me pedindo que destrua este castelo, certo?

— Nada lhe digo, a não ser que és tu quem irás decidir o que deve se tornar cinzas.

Deixou seu corpo cair ao meu lado, seguido de um longo suspiro, até que sua respiração fosse apenas um ruído intermitente e contínuo, digno de um sono profundo.

Caminho em direção às grandes portas de entrada do castelo. Não foi pouco o meu espanto ao constatar que toda a estrutura do castelo foi construída com madeira. Era difícil imaginar que grandiosa construção não tivesse sido construída com material resistente o suficiente para durar séculos a fio.

Antes que eu emitisse qualquer som com intuito de chamar aqueles que lá dentro se encontravam, a grande porta emitiu um tremendo rangido, ao que dei um passo para trás. Ao ter espaço suficiente para que somente uma pessoa passasse pela abertura, saiu lá de dentro, ao que me parecia, o mordomo da propriedade.

Em uma bandeja, na sua mão esquerda, jazia uma chave dourada sem qualquer identificação, tendo como companhia um envelope lacrado com cera vermelha, cuja imagem do brasão que lhe dava forma era a cabeça de lobo. O serviçal inclinou-se levemente para frente de forma a me cumprimentar, estendendo, em seguida, o braço que levava a bandeja, deixando ao meu alcance aquilo que estava sobre ela. Recolho a chave e envelope. Detenho-me poucos segundos observando a forma de lobo cuidadosamente detalhada na cera, deixando em mim um estranho pressentimento. Abro o envelope e retiro a carta a mim endereçada, contendo o seguinte conteúdo:

Caro senhor,

Esperamos que a viagem tenha sido excelente. Há muito que esperávamos tê-lo conosco. Alguns encaminhamentos de ordem administrativa devem ser realizados, sob vosso comando, é claro. Imaginando o cansaço a que deve estar submetido, deixaremos as atividades necessárias para o dia de amanhã.

A chave que esta acompanha é de sua acomodação. Deixamos tudo da forma que acreditamos te satisfazer. De tudo encontrará por lá, desde refeição, perfumes e material de higiene pessoal para um relaxante banho.

Que tenha uma estadia agradabilíssima.

Atenciosamente,
A administração.

No dia seguinte, após uma longa noite de descanso e sem sonhos, levanto-me preguiçosamente da cama, abro as cortinas e encaro um dia nublado, sentando-me, em seguida, à mesa sobre a qual meu café da manhã estava servido.

Calmamente realizo minha refeição matinal, deliciando-me com as variadas frutas servidas, o acalentador café com leite e o macio croissant de chocolate comido como sobremesa. Logo depois, vou ao banheiro, lavo o rosto e troco de roupas, vestindo aquelas que são apropriadas para situações administrativas. Ao sair do quarto, percebo o mordomo esperando por mim do lado de fora, novamente me cumprimentando de maneira extremamente polida, com apenas um leve inclinar do tronco.

Descemos a grande escadaria dupla, cujo final de cada uma dava para portas de dimensões idênticas. Dessa vez (primeira e última), nos dirigimos para a esquerda. Assim que entramos no recinto, fui fortemente impactado pela decoração excêntrica ali encontrada. As paredes eram da cor magenta, com detalhes verde escuro de curvas sensuais que, vez por outra, adquiriam formas de partes do corpo humano — cada uma mais excitante que a outra. Davam a sensação de que se mexiam, que vinham até mim enquanto ia ao local que me esperava, para que, quando retribuísse o olhar, suas *multiformas* estivessem novamente imóveis na parede.

Fui recebido por um senhor de barbas brancas, roupas simples e aspecto bastante agradável. Sua voz era suave e harmoniosa, acalmando quem estivesse ao alcance das ondas sonoras — o mordomo já estava relaxadamente sentado sobre uma poltrona perto da janela. Em seu colo havia uma pasta preta de onde tirava alguns arquivos com diversas anotações, folheando-as, à procura da que continha o assunto a ser tratado, tendo-a encontrado poucos segundos depois.

Lê a folha de cima a baixo, franzindo a testa por alguns instantes. Olha para mim com um olhar bondoso, penetrante, porém, e respira profundamente antes de continuar.

— Infelizmente, como deve perceber, a propriedade não anda muito bem das pernas. Os recursos são escassos para os gastos que temos. Como é possível observar, devido à fragilidade do material com que foi construído o prédio, os danos se espalham assustadoramente rápido. Não bastasse o tipo de material, também a constante umidade deixa tudo ainda mais frágil, multiplicando a velocidade de deterioração. Também não dispomos de mais recursos para a manutenção da parte externa do castelo. O material para jardinagem mal dá para a horta, que dirá para o vasto campo a perder de vista. Nossos guardiões noturnos foram reduzidos a apenas três partes de dez, impedindo que a segurança seja realizada adequadamente, deixando o terreno fértil para todo tipo de fera que ronda livremente pela noite. Ainda é possível conservar partes internas do castelo, mas em pouco tempo também nos será impossível fazê-lo. Poucos empregados se dispõem a trabalhar conosco, já que muitas vezes recebem o salário atrasado, podendo nem o receber integralmente, como já aconteceu. Em épocas mais frias, nos falta inclusive a comida, dada a interrupção do plantio de diversas variedades, nos privando de frutas e hortaliças. Peço, então, que pense com calma em todas as questões que lhe trouxe. Mas igualmente peço que não se demore tanto, pois providências devem ser tomadas o mais rápido possível. Decida-se pelo abandono total deste lugar, ou envidaremos todos os nossos esforços para recuperá-lo. A decisão é toda sua. Esperamos sua resposta brevemente.

Ainda que não soubesse exatamente como eu tinha chegado até ali e nem o porquê de as pessoas me tratarem de forma tão familiar, eu estava gostando da sensação de ser o centro das atenções e de ter disponíveis tantas coisas agradáveis. Ainda que eu percebesse o tom preocupado daquele senhor, parecia que a decisão solicitada por ele não deveria ser tomada apressadamente. A única decisão que tomei foi a de aproveitar mais daquele espaço e os prazeres ali contidos.

Transmiti a ele a minha simpatia acerca daquilo tudo, dizendo-lhe que em breve tomaria minha decisão.

— Bom, creio que isso seja tudo. Gostaria de saber se devo providenciar tudo de sempre?

Respondo que sim, ainda que não soubesse o que era esse "de sempre". Mas, como tudo foi tão agradável até o momento, esperei ansiosamente por aquilo que viria.

O senhor com quem conversava retira-se, assim como o mordomo que me havia acompanhado até aqui. As luzes são lentamente diminuídas de intensidade, até sobrar luminosidade suficiente para não os deixar tropeçar nos móveis espalhados ao redor. Ouço o ranger da porta à frente, chamando minha atenção os vultos que dela surgiam. Eles vêm até mim, e eu não me espanto com as aproximações. Para minha agradável surpresa, aqueles vultos estavam despidos, e seus corpos refletiam esplendorosas formas. Agradeci mentalmente o oferecimento do velho.

Fui puxado delicadamente pelo braço e encaminhado para a porta de onde saíram. Lá dentro, sob uma luminosidade ainda mais fraca, envolvido por perfumes de tonalidades cítricas e adocicadas, acompanhados de faixa deliciosamente erótica, sou levado até uma enorme cama, percebendo que todos, assim como eu, ali se acomodavam agitadamente.

Duas mãos empurraram meu tronco para trás, enquanto outras duas seguravam um dos meus braços. Uma outra mão puxou o meu braço livre e o encaminhou até seus seios, pedindo, sofregamente que os massageasse. Uma boca, com sua língua sedosa e úmida, começa seu trajeto, desde o meu pescoço, até seu destino final.

E desse modo seguiu-se a noite...

* * *

Ao final de todo o prazer, eu jazia deitado imóvel na mesma cama há pouco tão movimentada. O mordomo entrara, enquanto eu ainda despertava, para abrir as cortinas, deixando claro que eu deveria acordar. Por apenas um instante, sai do quarto e vai até o lado de fora, trazendo um carrinho de comida repleto de alimentos ornamentados. Ainda nu, vou em direção à janela desejando obter um pouco de ar fresco e alguns raios de Sol, ainda que este estivesse escondido por detrás das nuvens. Quando abro a porta da sacada, percebo que meu desejo era impossível de ser realizado, pois o ar era gélido e cortante como navalha. Tampouco conseguia sentir os raios vivificantes do Sol, deixando em mim a forte impressão de que somente dentro do castelo estaria protegido das intempéries.

Vou ao banheiro para me limpar dos fluidos resultantes dos prazeres da noite anterior. Quando lá chego, a banheira já estava cheia d'água e de sais perfumados; na parte inferior, velas davam um último toque especial, não mais especial do que perceber que a temperatura da água estava do jeito que me apetecia.

Não saberia dizer quanto tempo devo ter ficado dentro da banheira sentindo a água morna acariciando todo o meu corpo, já que, de tão relaxado, caí no sono. Ao abrir os olhos vagarosamente, percebo que a luz natural havia diminuído bastante desde o momento em que lá havia entrado. E é com grande força de vontade que vou esboçando a minha saída. Dirijo-me até a outra extremidade do banheiro, visto o roupão e calço os chinelos cuidadosamente deixados aos pés da banheira.

Dessa vez o meu mordomo me encaminhou para o recinto à direita da escadaria. Assim que entrei, entrevi um quarteto vestido elegantemente, cada qual portando um instrumento musical. Assim como todos que até o momento encontrei pela propriedade, o quarteto me cumprimentara como se eu fosse aquele para quem deviam total satisfação.

A mim tudo pertencia, desde a força de trabalho, construções e o vasto terreno que observava do alto quando em viagem com a criatura alada. Sentei-me, então, no confortável sofá — reservado somente a mim — que se encontrava em frente ao piano e ao restante do quarteto.

Começaram a tocar assim que dei o sinal de início com minhas mãos. Magistralmente tocaram as suaves composições. Magistralmente tocaram as mais agitadas; as excitantes; as melancólicas; as efervescentes; as inebriantes; as orgásticas; bastando eles perceberem o humor pelas minhas expressões faciais para realizar qualquer mudança na programação. Era um grupo bastante entrosado, sensível e dedicado a me proporcionar o máximo de prazer musical que podiam. Há muito que me serviam, por isso a perspicaz leitura dos meus desejos.

Novamente, sem que emitisse qualquer comando, um componente do quarteto — flautista — veio até o sofá e se sentou ao meu lado. Agora em formação de três, começaram com uma composição inebriante, dionisíaca, vinda dos mais longínquos terrenos fertilizados por Baco. Um leve suspiro, seguido de um leve e breve gemido passou rente a minha orelha direita, foi descendo pelo pescoço, para depois se encaminhar à nuca. Aí, o que antes eram sons agora era a sensação de lábios úmidos que viajavam vagarosamente por toda a dimensão do meu pescoço, indo em direção às minhas orelhas, até que essas fossem invadidas por línguas ágeis e famintas.

Depois de sentir algumas mordiscadas pela orelha, foi a vez de sentir os dentes afiados em meus lábios. Ali foi possível perceber que o dom de tirar ruídos melodiosos de instrumentos musicais, seja com qual parte do corpo for, pode ser usado para nos transformar igualmente nesses instrumentos.

Em um dado momento, somente dois estavam sendo tocados, não diminuindo, no entanto, as melodias que flutuavam pelo ambiente, mas agora emitidas por cordas humanas. Os dedos ágeis de quem tocava o violino agora faziam tocar as cordas de quem estava ao meu lado, enquanto quem tocava flauta transformava o meu corpo em seu instrumento. Pouco depois, o som solitário do piano interpretava a agonia da pequena morte, e, com seu último tom, sua última tecla fez cessar toda a orquestra sob comando do dedo mestre, finalizando a peça.

Passaram-se muitas horas até o momento em que despertei. Assim que abri os olhos, somente a claridade da lua marcava presença. Como de praxe, um carrinho metálico aguardava o meu despertar para que fosse saqueado o seu conteúdo. As maiores delícias comestíveis eram ali encontradas, nenhuma delas capaz de me enjoar. Vestido com o roupão, vou até uma janela que dá para a direção onde eu havia pousado, podendo entrever a besta alada que me trouxe até esse lugar desconhecido, familiar, entretanto.

Era lua cheia.

Ao invés de me dar coragem para que eu desse um passeio noturno pelo campo lá fora, dada a luz do globo azulado, uma sensação de terror me inundava só de pensar em sair da segurança daquele ambiente. A frase do senhor de barbas brancas voltou repentinamente a minha mente, quando disse que não havia segurança o suficiente para fazer a vigia noturna da propriedade. No entanto, fiquei mais tranquilo quando lembrei que o dragão que me trouxe provavelmente espantaria qualquer criatura ameaçadora.

A rotina de prazeres e ócio se manteve por dias inumeráveis. Até que, em um dia atípico para o clima local — isto é, ensolarado —, saio do quarto dos prazeres e vou até a cozinha, pois, como tinha levantado mais cedo do que o costume, o café da manhã ainda não havia sido levado até mim. De roupão, chego até lá e não encontro uma viva alma. Lembrei que não tinha tomado banho desde a orgia da noite anterior e, por isso, lavo meu sexo na pia à minha frente.

Inesperadamente, chega um grupo de pessoas ao mesmo tempo. Não me importo. Afinal, todos eram meus subordinados. Uma senhora bastante idosa fez cara de desagrado ao observar meu ato inusitado — imundo, de acordo com a cara da velha —; uma outra mulher também recém-chegada, na casa de uns cinquenta anos, também observa minha higiene matinal, mas pareceu não se importar. Poucos minutos depois, a porta da cozinha para a área externa se abre novamente, entrando por ela mais duas pessoas. Uma delas era o velho administrador do castelo, e a outra — ahhhh, a outra —, uma dama vestida com um vestido florido até a canela, de braços nus até os ombros, na casa dos vinte e poucos anos. Que impressão me causara! Fechei imediatamente o roupão, nele enxugando minhas mãos. O velho, gentilmente, desejou-me bom dia, como sempre, e apresentou a moça que acabara de entrar. Disse que aquela era sua filha, mas não pude crer. Como nunca havia visto tal criaturinha por essas bandas?

O velho deu fim ao momento desconcertante dizendo que a chamou para ajudar com os afazeres da propriedade, e que ela não cobraria nada pelo trabalho empreendido. Demonstrei grande satisfação com a notícia, sorrindo àquela presença feminina de forma a agradecer a boa vontade. Deixei a cozinha meio acabrunhado, vítima dos encantos desconcertantes da jovem.

Foi a primeira vez que, tendo chegado ao castelo, fui atraído para outra coisa que não a minha rotina diária. Todos os dias o mesmo acontecia, somente variando a intensidade das atividades, os horários de cada uma e as pessoas que estavam envolvidas. Os prazeres, comestíveis ou não, eram as coisas que me guiavam. Somava-se a isso a total falta de vontade e disposição para me aventurar fora do castelo, em terras tão remotas e ameaçadoras, cheia de feras e desertas de comida, pessoas e prazeres (até onde eu sabia).

No terceiro dia de Sol, ainda que brilhasse tímido, minha alma estava inundada de profundo bem-estar, ao mesmo tempo que uma grande tristeza cismava em crescer em meu íntimo.

Pensamentos até então nunca experimentados passavam por minha mente, voando de uma direção a outra, como pássaros ligeiros e livres. Eram tantos que me davam vertigem ao notá-los. À medida que passavam por mim, eu ficava mais e mais agitado, culpa da minha incapacidade de controlá-los ou de saber por que planavam sobre mim. Entretanto, um desses pensamentos cismava em passar próximo a meu rosto, permitindo vislumbrar o conteúdo que trazia.

* * *

A jovem alma é sacudida, arrebatada, arrancada de um golpe — ela própria não entende o que se passa. Um ímpeto ou impulso a governa e domina; uma vontade, um anseio se agita, de ir adiante, aonde for, a todo custo; uma veemente e perigosa curiosidade por um mundo indescoberto flameja e lhe inflama os sentidos.

"Melhor morrer do que viver aqui" — é o que diz a voz e sedução imperiosa: e esse "aqui", esse "em casa" é tudo o que ela amara até então! Um súbito horror e suspeita daquilo que amava, um clarão de desprezo pelo que chamava "dever", um rebelde, arbitrário, vulcânico anseio de viagem, de exílio, afastamento, esfriamento, enregelamento, sobriedade, um ódio ao amor, talvez um gesto e olhar profanador para trás, para onde até então amava e adorava, talvez um rubor de vergonha pelo que

acabava de fazer, e ao mesmo tempo uma alegria por fazê-lo, um ébrio, íntimo, alegre tremor, no qual se revela uma vitória — uma vitória? sobre o quê? sobre quem?

NIETZSCHE, *Humano, demasiado humano*

Nele eu via a imagem do castelo que habitava. Era ele pouco mais conservado do que agora, com mais movimento e vida. Quanto mais observava, mais aquela lembrança tomava conta de todo o meu ser.

Era uma época em que a degradação ainda não havia chegado à propriedade. Recém-construído, as paredes cobertas de tinta nova reluziam com o esplendor. O jardim pululava de vida, tanto vegetal quanto animal. Flores das mais variadas cores embriagavam o sentido da visão, e seus perfumes o do olfato. Apinhado de gente, tudo era harmonia e paz. Palavras agradáveis e sorrisos mil eram observados para onde quer que se olhasse. Nada, absolutamente nada parecia ser capaz de quebrar o clima reinante.

Era o que eu pensava, até então.

Para minha tristeza, aquele castelo havia sido construído para que se desgastasse rapidamente. Já mais velho, pude compreender que não se constrói nada duradouro com material perecível. Mesmo sabendo que tudo que existe perece e se transforma, ainda é possível escolher aqueles materiais que avançarão por entre gerações ou os que durarão uma exígua vida humana.

Não bastasse o já frágil material, pouca manutenção lhe era dada desde que um pequeno incêndio havia tomado parte das paredes internas do hall. A partir daí, as visitas ao local foram diminuindo cada vez mais, por causa do tempo necessário para que fossem feitos os reparos no local do sinistro.

Contudo, esperava que, assim que concluídos tais reparos, as mesmas presenças voltariam a se restabelecer periodicamente por esses lados. Não voltaram. Seus interesses haviam sido transferidos a outros castelos. Uns deles próprios, e outros de pessoas que desconheço. Por essa pouca circulação de gente, os recursos financeiros para manutenção foram ficando cada vez mais insuficientes. Ainda assim eu insistia em manter o local sob funcionamento e sob meu poder.

Outro pensamento que rondava minha mente naquele momento era mais um devaneio que uma memória.

Por vezes eu pensava que o incêndio no castelo não deveria ter sido controlado, mas ter transformado em cinzas a mim e a toda aquela construção, reduzindo a pó tudo aquilo que não mais fazia sentido conservar.

Estranhamente, eu não concebia minha morte nesses surtos imaginativos. O que eu imaginava era meu corpo sob influência das chamas e, ainda que padecendo dores sinistras, percebia que, sob a pele preta de combustão, um novo corpo surgia de dentro, jovem e cheio de esplendor, como se um novo eu surgisse daquele incêndio.

Nada captável, nada apreensível surgia em minha mente. Um nada, ao mesmo tempo tudo, que surgia em minha alma, mas que não conseguia nomear, identificar. Um arrebatamento além de tudo o que me é conhecido até então fez vibrar o meu ser. Algo me puxa para frente, mas ainda estou atado ao meu passado materializado nesse castelo.

Depois de poucos dias desde o encontro com a interessante jovem que entrara pela cozinha, vejo novamente o velho, seu pai. Perguntei a ele quando teria novamente a linda presença de sua filha nas dependências do castelo.

— Não mais será possível — disse o velho. — Os serviços que foram motivos para sua vinda não existem mais. Ela voltou à sua terra, para casa — uma grande calma fluía de seus olhos enigmáticos.

Voltei quase sem fôlego pela porta por que entrei.

Nunca senti um choque de realidade daquele tamanho. Apesar de tê-la observado umas três vezes mais depois do encontro inusitado na cozinha, todas as vezes senti um grande fascínio por aquela criatura. Nunca trocamos palavras, apenas olhares, porém suficientes para disparar grandes quantidades de adrenalina no meu corpo, me fazendo acreditar ser capaz de correr uma maratona. No entanto, nos poucos segundos que se seguiam depois do primeiro impacto, meu corpo voltava a seu estado normal, como se nada tivesse acontecido.

Fui, portanto, pego de surpresa pela notícia totalmente inesperada de sua partida. Minhas pernas não mais obedeciam aos meus comandos, a ponto de quase me jogarem ao chão. A única coisa que passava por minha cabeça era por que eu não havia lhe falado em nenhum momento. Um arrependimento gigantesco se abateu sobre minha existência naquele momento. Tal como em episódios passados, diversas possibilidades de encontros — ainda que idealizados — haviam passado em minha frente sem que eu esboçasse qualquer atitude decidida. Dessa vez era mais dolorido. Não havia nada de idealizado ali. Tudo o que aconteceu foi profundamente verdadeiro, tanto para mim quanto para a moça. Eu podia ver em sua seriedade repentina e o brilho incontido nos seus grandes olhos todas as vezes que nos esbarramos.

Um grande desânimo tomou conta de meu corpo, fazendo com que a existência desse local, já tão destituída de sentido, fosse completamente repulsiva. Nada mais me satisfazia. Nem a comida, nem o sexo, nem o conforto.

O incitar

"O temor e o tremor provocados pelo choque fazem com que um homem, ao início, se veja em desvantagem diante dos demais. Mas isso é temporário. Uma vez superada a prova, há um alívio, e, com isso, o próprio terror que sofreu ao início acaba por trazer a boa fortuna."[2]

Grandes labaredas eram refletidas em meus olhos. A noite já não era tão escura. Uma luz quente, bruxuleante e instável podia ser distinguida por quilômetros a fio. Qualquer viajante que, por algum acaso, estivesse perdido nas redondezas, poderia guiar-se novamente para seu destino, ainda que seu destino não fosse o castelo. As chamas também iluminavam as estradas que passavam ao redor e mais além. Uma variada gama de caminhos desconhecidos podia ser vista nas mais diferentes direções. E por que não podiam ser vistos sob a luz do Sol? Ah! A luz desse grande astro é intensa demais para nossas vistas. Tudo que ele ilumina adquire uma vida pulsante. Qualquer outro brilho que não lhe pertença é ofuscado por seu poder. Pensamos que nos guiamos pelos caminhos iluminados pelo Sol. Mera ilusão! É a luz do Sol que nos guia por entre as vielas deste mundo escuro e misterioso.

Porém, é na escuridão que conseguimos perceber outras luzes que podem nos guiar, ainda que pequeninas. Não possuem o mesmo poder de sedução do grande astro, fazendo com que, por esse mesmo motivo, seja possível realizar uma escolha mais acertada de qual caminho tomar. Uma única centelha, mesmo a ponto de se apagar, é o suficiente para centrar nossa atenção e nos provocar um ligeiro movimento em sua direção.

[2] I Ching, O Livro das Mutações – Richard Wilhelm

Fora eu quem dera início ao incêndio. O coração, há muito calado e mudo, gritava de loucura. Era possível ver em meus olhos. O brilho que aí se via não era da esperança, mas do impacto profundo de uma vida que nada esperava. Uma vida de morte, era isso que eu vivia. Transitei, em poucos instantes, da morte para a vida e da vida para a morte, querendo regressar à primeira assim que possível. Meu peito, agora em brasas, covarde de ter deixado um punhal lhe atravessar sem ser percebido, queria ver queimar tudo o que testemunhasse sua desgraça. Essa era a vingança em que o sujeito e objeto eram o mesmo, mas o sujeito não o percebia e, por isso, queria achar um culpado para além de si mesmo, fraco ao se perceber como o verdadeiro responsável.

Assim me senti depois da partida da filha do velho, que em pouco tempo roubou minha paz. Os pensamentos que diversas vezes me assaltavam tomaram o poder que eu tinha sobre eles. O fogo deveria acender!

O fogo que me consumia por dentro deveria consumir o que estava fora. Meu castelo igualmente deveria ser consumido pelas ardentes chamas que brotavam de mim.

* * *

Eu estava aturdido pela notícia.

Assim que voltei aos meus aposentos, insensível e indiferente a tudo, busquei o aconchego da cama macia. Apaguei as luzes e tentei cair no sono. Apesar de não ter nada no que pensar, pois os pensamentos não me vinham, uma inquietude pulsava em minha garganta. Por mais que eu quisesse fazê-la voltar ao seu lugar de origem, não o conseguia. E, por isso mesmo, senti uma grande sensação de queimação subindo desde o meu estômago. Quanto mais eu tentava engolir, mas forte ela se tornava.

Nem um, nem dois, nem três copos d'água foram capazes de apagar aquilo que me queimava em uma intensidade cada vez maior. Inclusive a água parecia transformar-se em combustível.

De olhos arregalados, garganta seca e irritada, com as mãos sem vida e o peito sem movimento, mantive-me chumbado à cama.

Após cinco horas de tentativa infrutífera de cair no sono, uma luz surgiu tímida na escuridão, de uma chama tímida, originada de uma vela, diante dos meus olhos. A princípio, ela permaneceu do mesmo tamanho. Alguns instantes se passaram até que ela aumentasse de proporção. Em um momento depois ela diminuiu novamente e, passados cinco minutos, cresceu diante de mim. Notei, espantado, que ela ganhava força à medida que eu inspirava o ar para dentro de meus pulmões, e perdia força à medida que minha respiração ficava mais lenta, quase inexistente.

Experimentei aumentar o fluxo de ar para dentro da minha cavidade torácica, sendo malsucedido, porém. Esse movimento parecia ser algo impossível para mim, extremamente doloroso quando me esforçava em repeti-lo. Tentei novamente aumentar a quantidade de ar inspirada, só que dessa vez usando o diafragma.

Aos poucos, não sem dificuldade, consegui fazer com que ele aumentasse de tamanho até o ponto que superasse a altura do tórax. Nesse movimento, a chama da vela mudava seu tamanho, adquirindo a potência do fogo de uma tocha.

Desse ponto, comecei a forçar, pouco a pouco, a entrada de maior volume de ar dentro da cavidade torácica. À medida que avançava nesse intento, dores agudas surgiam aqui e ali, principalmente na parte lateral do tórax. Sentia vários ossos estalarem nesse movimento de expansão. Segui, entretanto, com os movimentos, fazendo com que a chama atingisse o tamanho de uma enorme fogueira.

Quando, porém, senti que atingira toda a minha cavidade torácica, percebi um possível movimento adicional, que era um leve levantar dos ombros. Assim que inspirei todo o ar possível, uma chama do tamanho do meu corpo surgiu diante de mim. Senti meu corpo exalando ondas de calor à medida que inspirava e expirava todo o ar, fazendo com que a grande chama adquirisse um belo movimento de vai e vem.

Foi então que comecei a aumentar o ritmo da respiração, inspirando mais rápido e soltando o ar ainda mais depressa. Minha mente estava ficando mais e mais leve, assim como meu corpo. De repente, todo o meu corpo parecia arder como se estivesse dentro de uma grande fogueira. Não mais via as chamas na minha frente. Agora era meu próprio corpo que queimava.

Levantei-me da cama, coloquei a primeira roupa que encontrei, guardei alguns itens dentro da mesma mala de mão que me deram no ônibus e desci a escadaria que dava para o hall de entrada. De meu bolso tirei a chave que me deram quando cheguei ao castelo, colocando-a na fechadura da grande porta de madeira — já não tão maciça por causa dos cupins. Do lado de fora me esperava o grande dragão que aqui me trouxera, além do velho que cuidava da grande propriedade.

* * *

Eu e o grande dragão nos olhamos profundamente.

— Estou pronto — eu disse.

— Acho que finalmente encontraste o que buscavas — disse o dragão.

— Sim. Sinto agora uma grande chama arder dentro de mim. Eu que ardo, eu que queimo, sou eu a grande chama. Não desejo construir nada, por enquanto. Quero, antes, destruir o que está de pé, para então descobrir se há algo das cinzas que pode ser aproveitado.

A besta abriu suas grandes e escamosas asas, esticou seu pescoço e ficou de pé. Um só bater de asas foi suficiente para que eu e o velho caíssemos ao chão, atordoados com tamanho poder. Já com seu corpo alçado bem acima do castelo, a besta dá-me a última olhada, como que para confirmar o meu desejo. Nenhum remorso rondava meu coração. Não me importava com ninguém que estivesse dentro do castelo. Queria a morte de todos. Queria vê-los queimar e arder, até virarem cinzas. A agonia de seus gritos, sabia que não me afetaria. Nenhuma história, desses longos anos de ignorância, eu queria que continuasse a existir. Todas as manchas nos lençóis, toda roupa finamente costurada, todos os caros objetos de arte; tudo isso queria que virasse pó, nada mais.

O único sobrevivente seria o velho ao meu lado.

Aquiesci à besta.

De suas entranhas surgiu uma grande bola de fogo em direção ao castelo. Grandes labaredas eram refletidas em meus olhos. A noite já não era tão escura. Uma luz quente, bruxuleante e instável podia ser distinguida por quilômetros a fio. Qualquer viajante que, por algum acaso, estivesse perdido nas redondezas, poderia guiar-se novamente para seu destino, ainda que seu destino não fosse o castelo. As chamas também iluminavam as estradas que passavam ao redor e mais além. Uma variada gama de caminhos desconhecidos pôde ser vista nas mais diferentes direções.

* * *

E quando alguém atravessa o fogo atrás de seu ensinamento — o que é que isso prova? Em verdade, mais vale que do nosso próprio incêndio venha nosso ensinamento.

NIETZSCHE, *Assim falou Zaratustra*

* * *

À medida que a besta fazia arder a madeira já apodrecida com seu poder que emanava de suas entranhas, a queimação que eu sentia dentro de mim diminuía, pouco a pouco, sua intensidade. Gritos cortantes começaram a despontar da escuridão, enquanto as chamas avançavam. Metade do castelo já havia se transformado em ruínas.

A parte onde ficavam os empregados ainda não fora tomada, até esse momento. De um lado, gritos agudos e graves, longos e curtos. Do outro, loucos e desesperados, questionadores e renegados. Todos esses tons alcançavam meu ouvido e o do velho. Este, sentado na grama, assistindo ao espetáculo, nada esboçava. Agia como se nada tivesse acontecido. Mesmo com os gritos a enregelar minha espinha, sabia que esse sofrimento era necessário, ainda que o suplício de todos os que lá estavam fosse o meu próprio suplício.

Foi possível ouvir o piano estalar ao chão sob efeito do fogo a lhe devastar. Apesar da tristeza de não mais poder escutá-lo, segui firme, decidido da importância de prosseguir nesse caminho.

Eu, o velho e o dragão agora assistíamos ao último ruir das estruturas a nossa frente. Poucas colunas restaram em pé, prontas para chegar ao chão pelo mais leve sopro. Eram cinzas quase tudo que estava a nossa vista. Nada familiar restara.

Ainda noite, e as feras que viviam ao redor estavam algo esperançosas de conseguirem algum alimento para essa noite. Desejavam, pelo ruído que emitiam, satisfazer-se de nossa carne ainda fresca que estava, agora, desprotegida, já que nosso abrigo se fora. No entanto, nada mais me importava. Eu estava disposto a lutar com qualquer um que tentasse acabar comigo. Não lutaria para perder!

* * *

O dragão de fogo havia voltado de onde viera. Éramos somente eu e o velho. Refletindo sobre a decisão que deveria ser tomada, observo brasas espalhadas pelo terreno, ainda acesas, além de pequenos focos de incêndio espalhados aqui e acolá.

As sombras da noite se aproximam enquanto a luminosidade do fogo vai lentamente se apagando. De repente, eu e o velho escutamos um baque surdo vindo do terreno do antigo castelo. Parte dos destroços começa a se mexer e a se elevar acima do chão. Estupefatos estávamos nós dois! Não foram poucos metros que os destroços subiram, fazendo com que grande quantidade de cinzas fosse derrubada próxima de nós.

Aos poucos, a sombra que havia se elevado do chão vai ganhando forma. Aquilo que havia levantado os destroços era a cabeça de outra criatura fantástica. Um novo dragão surgia diante de nós! Diferentemente da fera de fogo, esse tinha a cabeça mais achatada, suas escamas pareciam mais justapostas umas às outras; seus olhos não demonstravam nenhum sinal de combustão. Longe disso! Seus olhos transmitiam uma certa harmonia inerte, plácida. Seus movimentos com a cabeça eram lentos e pesados, enquanto tentava sacudir para longe os destroços e a terra ainda presos em seu corpo.

Lentamente a criatura vai se revelando por inteiro, desde a cabeça até a cauda. Contrariamente ao que esperava, esse dragão não possuía asas. Depois de todo o esforço para se ver livre dos escombros, ele veio até nós, lenta e pacificamente, parando a poucos metros de onde estávamos. Sua calma era extremamente contagiosa. Suas pálpebras abriam e fechavam tão vagarosamente que passava a impressão de que muita energia era necessária para fazê-lo.

O silêncio foi interrompido por um longo suspiro da criatura, para logo em seguida começar a falar.

— Vejo que veio, finalmente, me libertar, velho amigo.

Como achei que não era comigo, não lhe dei atenção.

— Não me reconheces mais? — perguntou o dragão.

Continuei em silêncio.

Finalmente olhei a besta nos olhos, respondendo com minha indiferença.

Ela continuou:

— Pode ainda não lembrar ou mesmo saber quem sou, mas será chegado o tempo em que saberá quem és.

Ainda incapaz de começar qualquer diálogo com assuntos que me viessem à cabeça, tento não ser mal-educado, perguntando o que ele fazia debaixo do castelo.

— Foi aqui que me estabeleci desde a última jornada. Pouco me lembro do que aconteceu, porém creio que em pouco tempo minha memória se restabelecerá. Sei também que acordei de meu grande sono para chegar ao meu próximo destino.

— Qual o seu próximo destino? — perguntei.

— Ainda não sei, mas creio que você pode me ajudar.

— Como assim?

— Já que foi você quem me libertou, serás tu quem me guiará até a próxima parada.

— Mas ainda não sei para onde ir! — disse-lhe.

— Creio que podemos seguir para onde for, contanto que não fiquemos aqui parados.

Concordei com a cabeça.

— Posso antes saber o seu nome? — perguntei.

Gaia abaixou seu grande corpo, dando a entender que devíamos subir em suas costas. Eu e o velho subimos na criatura, sentando-nos em uma pequena depressão entre as vértebras da sua coluna.

Demos início à jornada para um lugar que nenhum de nós sabia onde seria.

* * *

Passadas algumas horas, a criatura começou a relatar um pouco da sua história, dizendo recordar cada vez mais do que aconteceu antes desse último sono.

— Lembro de ser ainda um bebê, ainda que carregasse pessoas como você em minhas costas. Aí em cima havia um casal que levava consigo uma pequena cesta, cujo conteúdo era um lindo bebê. Eles pareciam estar em harmonia, apesar do cansaço aparente da mulher, mãe da criança. Ambos demonstravam grande entusiasmo pela vida, visto no brilho de seus olhos. O bebê sorria para os dois. Seus pequenos dedos alçavam-se ao ar, buscando tocar aqueles que lhe trouxeram ao mundo. Uma grande caravana vinha atrás de nós. Nela encontravam-se todos aqueles que dariam suporte material à vida do pequeno. Vinham junto carpinteiros, encanadores, topógrafos, eletricistas, jardineiros, dentre outros. Igualmente vinham aqueles que ajudariam nos afazeres domésticos e nos cuidados pessoais. Caminhamos durante vários dias, até que achássemos o local apropriado para nos estabelecermos. A princípio, um enorme acampamento de apoio foi organizado até que o castelo ficasse pronto. Várias barracas foram montadas ao longo do terreno, e alguns dos viajantes ficaram responsáveis pela segurança do local. O período noturno era o mais temido por todos. Durante o dia pouco acontecia no acampamento. Contudo, era durante a noite que os ânimos se exaltavam. As feras eram noturnas e elas se escondiam nas sombras que tomavam toda a terra ao nosso redor. As noites de lua cheia, ainda que iluminadas, eram as mais perigosas, não somente pela ferocidade ainda maior das sombrias criaturas, mas pelos ânimos exaltados das sentinelas. O poder da lua constrange até os mais sensatos. O nervosismo se espargia como poeira ao vento. Muitos sentiam o peso opressor das suas funções vitais aumentadas e dos pensamentos mais ferozes e agitados. Ainda que ficassem mais agitados e cheios de energia, o efeito era diferente do desejado. Com tamanha energia circulando em seus corpos, a atenção deles ficava muito dispersa, prejudicando a percepção do que acontecia ao redor. Ao final de um ano, apenas dois terços do total de sentinelas haviam sobrevivido aos ataques. Isso fez com que parte dos que auxiliavam na construção sentisse grande receio, fugindo apressados daquela região perigosa. Um ano e meio depois, a provisão de recursos havia diminuído drasticamente. Não só de gênero alimentícios, como também os materiais necessários para dar continuidade a construção. E, respondendo à sua pergunta: eu fui usado como alicerce do castelo, tal como exige minha natureza.

— Como assim? — perguntei.

— Sou aquele que serve de fundação para construir, de estrutura para não ruir, firmeza para não cair. Enfim, sou uma criatura da terra. De tempos em tempos, no entanto, devo me levantar do meu grande sono, destruindo o que estava sobre mim, para que possa, depois, fincar raízes em outras paragens. O castelo e eu crescíamos simultaneamente, à medida que sobre mim eram erguidas novas estruturas. Eu percebia tudo o que se passava no Castelo, tanto em sua estrutura física quanto na atmosfera psíquica. Eu era o próprio Castelo!

Sua cabeça pendeu para baixo, demonstrando grande pesar por algo que havia pensado. Seus grandes e bondosos olhos se encheram de lágrimas, não suficientes para que deslizassem por seu rosto. Fez grande esforço para se conter, erguendo sua face para frente, mantendo firme silêncio por um longo período.

Passaram-se vários minutos até que retomasse a fala.

— Alguns poucos raios de Sol já despontavam no horizonte, fazendo crescer um novo sentimento de esperança em meu coração. Aquelas terras solitárias de onde vim ficaram para trás, assim como as feras escondidas nas sombras, prontas a atacar em um pequeno momento de descuido.

A face da criatura continuava grave, porém não mais mostrava sinais de tristeza. Continuou:

— Eu sabia dos planos estabelecidos, mas, aos poucos, uma densa atmosfera se apoderou dos já habitantes. A harmonia não imperava mais, muito menos a concordância. O casal que trouxera a criança se afastava cada vez mais. As brigas reinavam por qualquer que fosse o motivo. Houve certa vez quando os ânimos estavam tão exaltados que, em um momento de fúria, o pai da criança derrubou a mãe e o bebê no chão, sem um pingo de remorso. Desesperada, a mãe trouxe seu filho próximo ao peito, apertando-o firmemente contra si. Sentada no chão, sozinha, com lágrimas copiosas a escorrer pelo rosto do menino, deliberou coisa grave. O pai, agora do lado de fora do castelo, pensativo, mas não arrependido, revoltava-se contra o fato de não ser mais o centro do mundo, tal como era antes. Nos primeiros meses da criança, até que sentira enorme ternura por aquele pequenino ser, doando-se sempre que necessário para aumentar seu bem-estar. Porém, ao ver que quase nada lhe era destinado, começou a se revoltar contra a mãe do menino e contra todos que discordavam dele. Assim que voltou para dentro, o pai quis conversar com sua mulher. Entrou no quarto, onde estavam ela e o bebê, além do velho que tu já conheces, que tinha entrado nos aposentos depois de ouvir o choro desamparado da mãe. Antes que ela pudesse expressar sua deliberação, o insensível homem já havia começado sua fala. O pai, já nos limites daquilo que chamava de falta de cuidado para com ele, decidira por deixar o castelo. Achava que ali não era mais seu lugar, pois tudo que fazia era em prol da criança ainda em desenvolvimento. Dizia estar doente, sem vida, incapaz de dar um único sorriso. Além disso, se queixou dizendo que ninguém ali prestava a mínima atenção nele, sentindo-se isolado e sem importância para o olhar alheio. Ele queria voltar para sua antiga vida, para seu antigo emprego e para todos os amigos que havia deixado. Gostaria de sentir os mesmos prazeres de antes, desde uma bebida gelada depois de alguma farra competitiva até o calor de outras mulheres. A mãe, ainda que já tivesse deliberado expulsar o pai daquele lugar, ainda retinha a esperança de que ele pudesse transformar-se. Não era sem dor que ia declarar-lhe o que decidira. Não obstante, antes mesmo que houvesse se recuperado do impacto da covarde atitude do homem, ele voltou ao quarto, já vomitando todas essas coisas que acabo de relatar, causando um impacto avassalador na mãe, ainda que não perceptível. Ao invés de chorar, ficou calada. Não contente de se ausentar do cuidado do filho, disse ainda que levaria todos os empregados cuja responsabilidade salarial era sua. Já que teria de reconstruir uma nova vida, não fazia sentido ter que continuar pagando os empregados que ajudavam nos afazeres do castelo, pois achava que a maior parte das atividades eram meras futilidades, frutos de um excesso de zelo com a criança. A mãe nunca mais foi a mesma. O impacto daquilo tudo foi profundo em sua alma. Um sulco abissal surgiu entre ela e o mundo, menos entre ela e o filho. A dor que o homem lhe havia infligido não seria vivenciada imediatamente, mas no decorrer de toda a sua vida. O pai foi até o quarto que dividia com sua mulher, arrumou todos seus pertences e se evadiu da propriedade. Vários com ele foram. O velho foi até a mãe e tomou o bebê dos braços, levando-o para o andar de baixo onde outros empregados também estavam. A partir desse dia o menino foi cuidado pelos empregados internos do castelo. Duas mulheres que haviam dado à luz há pouco tempo ficaram responsáveis por amamentar a criança. Por dias a mãe ficou adoentada em sua cama, sem se levantar para comer, tomar banho ou ver seu filho. Seus olhos pareciam ter sido feitos de um vidro opaco e cinza, não refletindo nada além das imagens de fora. Os recursos disponíveis, já escassos, não foram suficientes para concluir as obras planejadas, o que fez com que grande parte da estrutura interna não fosse terminada. Somente metade do planejamento inicial tomou forma e, dessa metade, um terço dos cômodos ficaram sem acabamento interno. Além disso, o material restante, que precisou ser comprado, teve que ser de qualidade inferior daquele originalmente usado. Em suma, o castelo nunca ficou verdadeiramente pronto. Poucos eram os cômodos utilizados. Os principais eram o seu, de sua mãe, a sala de concertos, a cozinha e a sala de jantar, além de uma suíte para visitantes. Passaram-se alguns anos sem que coisa alguma mudasse verdadeiramente. A mãe da criança, agora adolescente, conseguira sair de sua letargia causada pelo impacto da separação, embora não tenha recuperado totalmente sua vontade de viver. Era-lhe possível, dadas suas forças, conquistar algum rendimento, ainda que pouco. Por esse esforço o castelo conseguiu se manter de pé por vários anos. Foi então que a exígua energia da mulher se esvaiu de vez. Caiu para nunca mais se levantar. Médicos de longínquas províncias foram chamados sem, contudo, obter qualquer resultado feliz. Aquela vida estava fadada a não mais florescer. Suas folhas, antes verdes, agora apresentavam um amarelo encardido, quase apagado. Voltadas sempre para o Sol, viraram-se para a terra. Pobre garoto! Quantas responsabilidades lhe foram dadas! Não sofresse o suficiente por suas próprias questões, agora preocupava-se com a saúde de sua mãe e com a manutenção de todo o castelo. Quase todo dia necessitava sair de suas dependências para buscar remédios para ela, tendo que se arriscar pelos recantos selvagens que separavam sua morada de outras cidades. Fora isso, o pouco contato que tinha com o mundo exterior era com um professor que lhe dava aulas particulares duas vezes por semana. Obviamente conhecia o mundo externo pelas leituras que fazia, mas nunca experienciara pessoalmente os seus frutos. No entanto, aqueles que experimentara, ainda que pequenos, floresciam, pouco a pouco, dentro do menino. Sua curiosidade e vontade de desbravar o mundo era cada vez maior, ainda que não tivesse uma faísca sequer de coragem para deixar o castelo. A estórias trazidas pelo professor o seduziam cada vez mais, acendendo uma pequena brasa nos olhos do garoto, que mais tarde se tornariam um grande incêndio. Passados alguns anos, sem que nada demonstrasse qualquer mudança da situação no castelo, o fogo que havia surgido das entranhas do menino começou a consumi-lo. Ele, que deveria consumir o mundo que estava fora, não encontrando escape para tal, consumia e intoxicava o interior com a fumaça da combustão. Toda a magia trazida pelo professor ao menino serviu para dar-lhe alguma esperança para sua difícil situação: a de prisioneiro daquele castelo. No entanto, o que antes era esperança agora tornara-se angústia. Parte do menino, agora jovem, sentia-se culpada por desejar ir embora daquela desolação, deixando sua mãe aos cuidados de outros, que nem certeza tinha de que a auxiliariam. Dia após dia, seus pensamentos vagavam naquilo que imaginava ser o mundo, os seus prazeres e suas dores, seus ganhos e suas perdas. Já extrapolando os limites de seus pensamentos, o poder imaginativo atingira níveis impressionantes, nas mais altas nuvens e acima delas, por infinitos universos, fazendo com que o menino visse cada vez menos sentido na vida dentro daquelas paredes carcomidas. Em uma semana de energias pesadas e de tristeza, o garoto não dormira uma noite sequer, tirando apenas poucos cochilos, que mais lhe deixavam cansado que o aliviavam. Insone por quatro dias seguidos, tendo os sonhos dos mais esquisitos, tomou uma importante decisão. Deixaria tudo para trás, inclusive sua mãe, seu lar, sua segurança, pois sentia uma morte crescente dentro de si pela impossibilidade de expressar sua própria vida. Nesses últimos dias um peso de chumbo se apoderara de seu corpo, impedindo-o de se levantar, inclusive para se alimentar. Por isso decidira ir embora. Ou partia agora ou ficaria preso, verdadeiramente mumificado naquele sarcófago. No quinto dia de eterno sofrimento, foi até seu quarto, separou suas coisas e as guardou dentro de uma mala. Como era ainda madrugada, não havia perigo de que alguém o visse arrumando tudo. Esperou algumas horas até que o Sol despontasse no horizonte, para que se encaminhasse até a saída do castelo. Por mais que lhe doesse, como se algo estivesse sendo arrancado de seu peito, estava decidido a não avisar nada a sua mãe de sua partida. A única informação transmitida a ela seria por meio de uma carta deixada na cômoda ao lado de sua cama. Se por algum motivo revelasse seus planos à sua mãe, tinha certeza de que não mais teria coragem de ir embora. E ele se foi...

A carta

O dever daquele que busca a si mesmo não pode ser nomeado. Seu nome é uma incógnita. Seus sons são silenciosos e agudos, suas mãos fortes e ásperas; são seus pés calejados e pretos de terra. A ninguém compete saber do caminho do outro: seu conhecimento só pertence àquele que o trilha. Por não ser traduzível, mesmo incomunicável, seu desbravar é um peso para aquele que possui tal ousadia; um peso que o prende ao chão, tão firmemente que nenhuma torrente de ar, saída de bocas e pulmões insípidos e malcheirosos, pode derrubá-lo ao chão.

Do não dever para consigo surge a morte. Do dever seguido, também às mãos da morte somos entregues. São dois tipos de mortes para se escolher. A primeira morte é a da falta de toda a vida; aquela que já não enxerga nada para além daquilo que se é e o que se pode ser. A segunda morte vem da vontade da própria consumação, finalizando aquilo que já está esgotado, que não serve mais para nada, a não ser como peça de museu.

Nenhuma delas é uma escolha fácil, já que ambas evidenciam o esgotamento das forças que guiam o ser para outro ou o mesmo estado de coisas, que o fazem contornar os caminhos tortuosos da própria vida. Contudo, é ainda mais grave, porém valorosa, a morte que surge do desejo de consumação de tudo que já se esgotou. Seu peso é alto, poucos conseguem suportá-lo. Os ombros daqueles que carregam tão intenso fardo são tal qual guindastes, capazes de levantar toneladas, não caindo sob qualquer jugo, suportando com heroísmo e determinação o que jaz sobre seus ombros.

Obviamente, essa tamanha capacidade de lidar com os mais pesados pesos pode não ser totalmente positiva. Alguém pode estar de tal modo acostumado com peso que, mesmo não sendo ele mais necessário, os ombros não conseguem deixá-lo. Carregar fardos pesados faz parte desse caminhar sobre a crosta dessa grande esfera, a qual chamamos Terra. Porém, quantos de nós, por termos grandes pesos pressionados na pele, não conseguimos sentir o peso do vento? Por quantas vezes deixamos de sentir o pouso de um pequeno inseto que nos faz de apoio por um breve momento? Pergunto ainda, por quantas vezes não conseguimos sentir as gotículas de chuva, anunciadoras da torrente, mas só percebemos as mensagens do céu quando ele está a gritar para os que abaixo se encontram? Grandes fardos podem nos deixar insensíveis para fardos leves!

São poucos aqueles que conseguem suportar fardos leves. A maioria de nós, assim que sente o mais leve desabrochar da grande leveza, torna a franzir o rosto, a cerrar o punho e a se atarracar no chão. São esses que buscam o peso acima de tudo, mais do que a própria vida, já que acreditam ser, a vida, um peso. Não que gostem do peso, nem que desprezem a leveza, mas não conseguem suportar o desconhecido próprio da sutileza. Pesados agora, pesados sempre, pensam eles.

Dentre aqueles que são leves, poucos sabem pesar-se sobre si mesmos. Possuem tanto medo do peso que a mais leve gota de chuva os torna tão *excitadiços* como um dente-de-leão. Vão para lá, para cá e para mais ao longe. Voam como meros nadas à espera de outros nadas que possam ser-lhes apresentados. Vivem à espera de algo que os faça sentir, mas não percebem que sentir — os mais profundos — pesa o ser, e, por medo de carregar fardos, ainda que poucos — o que é muito, para aquele cujos músculos são destreinados —, flutuam por entre beatos vazios espaciais, frios e inconstantes; inconstantes na sua leveza que nada toca.

A Terra precisa ser fecundada, isso é um fato. Toda a vida observável provém dessa mais alta necessidade. Uma gota de chuva também é capaz de fecundar a terra, à sua maneira. Para isso, da sua leveza como vapor, ela precisa tornar-se pesada para realizar a função de fecundar. Fecundar é violar, falam uns. Fecundar é dar vida, clama a terra. Para a consumação desse ato, a força é necessária, de forma que a barreira inicial possa ser superada. A natureza requer atividade, agressividade.

Poucos sabem, no entanto, a verdade por trás desses fatos. Quando a terra recebe a chuva, ela clama por isso. Quando a terra é penetrada pelas raízes das árvores, ela clama por isso. E, pela violência da potência das grandes raízes que desbravam as profundezas, surge a tranquilidade do ar que vai, aos poucos, penetrando também a terra, para que esta respire. Desse modo, ela recebe a vida, que a penetra, e, em comunhão, produz ainda mais vida.

Menos ainda são aqueles que, sabendo dessa verdade, sabem pedir licença à terra para fecundá-la. Exíguos são os que, ainda que peçam licença, sabem a hora de terminar o ato de fecundação, que se torna violação depois de ter rompido o limite das necessidades da própria terra.

Da contração surge a expansão, que por consequência dá lugar a outra contração. Essa é a grande lei que rege todos os corpos neste universo. Somos igualmente regidos por tal lei. Submeter-se a ela é também um dever para com a vida. Sabendo disso, conscientemente, devíamos submeter nós mesmos a períodos de expansão e de contração, já que, para se expandir em um lugar, outro deve sofrer uma contração equivalente. Essa lei universal está presente em nós na forma de dor e prazer. Da contração surge a dor, da expansão surge o prazer. Todo prazer exageradamente experienciado por um retarda, mas não nega, o prazer ou a expansão que deveria ocorrer em outro ser. O preço será, então, cobrado ao primeiro, mais cedo ou mais tarde. A natureza sempre volta ao equilíbrio, apesar de nós. A cota de prazer que não nos pertence, e ainda assim mantemos para nós, será equivalente à cota de contração que a falta de expansão impossibilitou, levando a dor para aquele que agiu por impulsos egoístas. Saber esperar pela sua própria cota de prazer é fruto da mais sapiente das sabedorias, advinda da perfeita observação da natureza.

O vapor d'água que subiu por causa do calor do Sol deve, por sua vez, descer. Ele, obrigatoriamente, aceita sua cota de contração em seu destino, para que possa se expandir novamente com o calor absorvido na crosta, além de fazer, é claro, expandir e pulsar outras formas de vida, as quais lhe são dependentes para existir. O frio contrai e paralisa a vida, como também a prepara para um novo e poderoso pulsar de esplendor.

À maneira das gotículas de água que devem contrair para voltar a nutrir a vida, nós, humanos agiríamos mais equilibradamente se nos utilizássemos desse princípio. O vapor não hesita na sua obrigação, mas nós sim.

Quando é que iremos parar de flutuar nas mais altas atmosferas e fecundaremos a terra com o que há de mais alto e sublime daquilo que foi conquistado pela existência nas alturas?

Essas são as leis que regem toda a vida, mãe. É o que minha limitada inteligência consegue dar conta, mas é o suficiente para que vivamos minimamente felizes aqui neste planeta. Imagino que tenha sido difícil suportar o peso do seu fardo, ainda mais quando junto a este estava o peso do meu próprio, já que eu ainda não era capaz de suportá-lo. Aprendi, de longe, que o mundo pouco nos oferece de ferramentas para suportar os fardos ou, ainda, retirá-los dos ombros.

Na verdade, a única coisa que este Detestável Mundo Novo tem nos oferecido é um mundo de mortos flutuantes, sedentos do frio espaço sideral: insípido e incolor. A única coisa que consigo imaginar do mundo fora desse castelo, ainda que eu deseje confirmar por meus próprios olhos, são seres, tais como eu — ao menos corporalmente —, mas preenchidos de algo totalmente distinto daquilo que está dentro de mim: de vácuo. Engana-se aquele que acha ser esse vácuo formado por coisa alguma. Esse vácuo é formado por imagens pálidas e cinzas, em eterna desconexão entre si. Às vezes confusas, outras mais ou menos organizadas, mas sem vontade alguma. O vazio o qual descrevo é o da ausência da vontade firme e potente. Seres sem desejo, incapazes de concretizar coisa alguma na superfície da terra. Suas construções, quando realizadas, são pueris e efêmeras. Leves como suas cabeças, de pé somente até enquanto durarem os estoques.

De súbito me recordo das pirâmides. O quão firmes eram os propósitos daqueles que as desenharam, tornando-as, depois, reais. Vivas por milênios, são frutos dos mais ardentes desejos, e só um desejo desse tipo pode criar algo tão duradouro. O desejo quer pra si todo o momento; ele quer eternizar o prazer, a satisfação. Para isso, ele eterniza os seus pensamentos em construções praticamente indestrutíveis.

Já meus contemporâneos, tão logo constroem algo, já querem se deitar no chão. Tão logo seus objetos são erguidos, rapidamente precisam de reparo. Não à toa seus objetos apresentam tais características. Eles representam seus próprios ideais, a fragilidade de seus pensamentos sob o mais leve sopro da natureza. Creio que esse homem já desistiu de se impor sobre a natureza, tanto a interna quanto a externa. Agora ele deixou-se tornar um simples joguete de suas forças. Até pouco tempo, suas forças se dirigiam no sentido de domar todas as forças, todo vir-a-ser dos fenômenos naturais. Aos poucos, percebendo-se impotente diante desse intento, faz tal qual faz uma criança mimada: se joga no chão e já nada mais quer. Poucos, ou quase nenhum dos que pude conhecer, ainda que por registros históricos, tentaram domar as forças da natureza, somente o necessário para atingir um objetivo específico.

O homem de hoje é aquele que quis domar todas as forças naturais, não para se elevar como homem e atingir seu mais alto grau desse estado, mas para elevar seu instinto de dominação à milésima potência — idêntico a um cachorro que teria vontade de urinar em todos os postes da cidade. O homem desnaturou-se ao permanecer ligado a alguns instintos animais quando já capaz de deliberar e tecnificar a vida, tornando-se nada mais que um ser bestial, capaz de usar suas produções para satisfazer apenas alguns instintos. Meus contemporâneos não querem dominar a vida às suas necessidades, querem matá-la!

Percebo que, tal como meus contemporâneos, diante da possibilidade surgida de vivenciar a leveza, ela te aterrorizou. Tão acostumada estava com o peso, que eles pareciam ter entrado em simbiose com seu corpo. Um peso desses só poderia ter sido retirado com precisão cirúrgica, junto a profissionais mais que experientes nesse tipo de operação. Todavia, já era tarde demais para aprender a transitar entre o peso e o não peso, a pôr e retirar os fardos que não são mais necessários.

Por mais que eu saiba de tudo isso, sei que são apenas parte da história. Os relatos que chegam até mim, ainda que por bocas confiáveis, não são mais do que pontos de vistas pessoais, limitados por possíveis preconceitos e pela possibilidade de entendimento de cada um.

Você tem-me dito que os livros guardam os mais preciosos ensinamentos, as mais belas teorias sobre a vida, as histórias mais apaixonantes, que poderia provar todos os sabores da Terra só de passar os olhos por páginas e mais páginas infinitas. Não percebes a quão limitadora é essa ideia? Saborear a vida por apenas um sentido, o dos olhos? Essa vida não é pra mim. Quero usá-los todos! Visão, olfato, paladar, tato e audição. Quem sabe outros ainda não conhecidos...

Quando dizem que "ainda somos os mesmos e vivemos como nossos pais", acredito que de fato sejamos. Talvez, até encontrar um outro litoral diferente de onde estás atracada há séculos, mesmo sabendo que posso, um dia, voltar para esse mesmo litoral, tal qual as tartarugas marinhas, viajantes eternas de um passado-futuro-passado. Tudo não passa de uma aposta, e estou disposto a fazê-la.

...

Ao final do relato, todas as antigas memórias já haviam voltado à nossa mente. Tudo aquilo que parecia desconectado de mim estava novamente ativo dentro do meu ser. Não sei dizer ao certo o porquê de ter esquecido tudo aquilo, mas de uma coisa eu sei: as memórias pesam, e, por vezes, não conseguimos suportá-las.

A criança mencionada por ele era eu, e seus pais eram os meus próprios. O castelo erguido com o propósito de me resguardar era aquele que eu havia derrubado. Hélix, o dragão que cospe fogo, fora aquele convocado para me ajudar a destruir as ruínas de minha antiga vida. Fora eu quem o convocara quando desejei encontrar o meu mais ardente desejo, ainda que não estivesse consciente disso. Somente assim, Gaia, meu alicerce, poderia se deslocar para novas paragens e, quem sabe, fixar-se por mais um tempo, ou mesmo para o restante de nossas vidas.

O velho, antigo zelador do meu castelo, havia saído de seu torpor, esboçando um sorriso que se alargava de um lado ao outro de sua face. Seus olhos brilhavam, cheios de uma emoção indizível, fruto da sensação inebriante sentida bem dentro no peito. Ele olhava para mim como um pai observa seu filho caído ao chão, depois de um tropeço. Observa-o se levantar, sacudir a poeira e, com olhos firmes à frente, continuar sua caminhada, ainda que as pernas não sejam capazes, por agora, de atingir longas distâncias.

Olhamo-nos durante vários minutos, como que para confirmar o que acabara de acontecer. Sim! Eu balançava minha cabeça, igualmente com os olhos cheios de lágrimas, a dizer-lhe que sabia de tudo: o que já fora e tudo que havia de vir.

Abraçamo-nos calorosamente, sentindo as batidas do coração de forma recíproca. Parabenizou-me pela coragem de convocar Hélix para que a jornada se iniciasse, pois não há espaço para velhas e pesadas bagagens nessa grande travessia que se aproxima. Ainda que o momento de paz e calmaria me estivessem reservados no futuro, ainda não era hora de descansar, concluiu o velho.

O que me esperava do outro lado era o inimaginável, inesgotável e imorredouro. Aquilo que está do outro lado é a própria fonte da vida, eterna como ela só, esperando que alguém, matando-se, torne-se imortal, deixando suas antigas roupagens; levando somente a roupa do corpo e mais algumas bagagens indispensáveis.

Saltamos o corpo de Gaia em direção ao solo. Agradeci com o meu mais profundo sentimento aquela viagem. Despedimo-nos agora como velhos amigos, cada um sorrindo por todas as boas lembranças em comum que agora flutuavam em nossas mentes. Mesmo sabendo que agora era a hora de deixá-lo ir, era difícil pensar que não mais o teria para me sustentar, já que nunca houve a possibilidade de termos esse contato íntimo.

— Minha vida, nesse momento, caro amigo, é vagar por essas terras. Devo procurar novos caminhos, conhecer novos seres e, obviamente, esticar a coluna — ele riu-se.

— Há tempos que espero por essa libertação. Não te preocupes, contudo. Chegará o tempo em que nos encontraremos novamente. Não será necessário me procurar! Estarei no exato lugar onde haverá de construir a sua próxima morada.

Gaia iniciou sua caminhada para longe de mim e do velho. Em poucos minutos não passava de um ponto no horizonte finito. Apesar de triste, a sensação era das melhores: a da liberdade, minha e dele. Quando me voltei para meu antigo zelador, ele sinalizou para que continuássemos a seguir pelo caminho à nossa frente. Estranhei o fato de só ver um fragmento florestal, sem nenhuma abertura ou caminho por onde poderíamos seguir. Ao chegar mais perto, foi possível perceber uma estreita trilha por entre as árvores. O velho foi na minha frente, demonstrando bastante familiaridade com esse caminho. Andamos por aproximadamente duas horas e meia por uma trilha quase que totalmente plana, até que, repentinamente ela apresentou um declive.

Descemos por cinco minutos, parando em uma área de terra compactada à esquerda, depois de uma curva acentuada. Quando lá cheguei, me espantei com a dimensão daquilo que chamo, agora, de meu destino. Estávamos na descida de uma barreira montanhosa, similar às falésias, que escondia um vasto oceano a perder de vista. Era longo o caminho que faltava para percorrer, com no mínimo quatro horas a mais para atingirmos o mar, tal como dito pelo velho. Consegui localizar um pequeno píer na praia e, ao seu lado, uma minúscula choupana, cujos telhados duas águas, feitos de metal, mostravam a sua singeleza. Havia, ao que me parecia, um cavalo amarrado em um tronco ao lado, mas foi impossível ter certeza se era ou não.

O céu já apresentava sinais do crepúsculo solar. Pintado com variações de laranja e roxo, impregnava a atmosfera daquele lugar de misteriosa magia.

Chegamos ao final da trilha que dava ao lado da choupana onde estava amarrado o pangaré, que, mesmo velho, aparentava estar bem cuidado. Em um banco de madeira, abaixo de uma grande figueira, estavam sentadas duas senhoras. Ambas fumavam um cigarro feito de palha de milho. Eram duas senhoras de África, vestidas com roupas de sua etnia e com um grande e colorido turbante em suas cabeças.

Acenaram para mim com a mão que não segurava o cigarro, esboçaram um sorriso de canto de boca, jogaram a fumaça para o alto e voltaram a olhar para o mar.

Sem que fosse possível saber quem, uma delas falou:

— Pai Joaquim já está a caminho. Senta um pouquinho, moço, e descansa de sua longa viagem. Para o velho que tá junto do sinhô, há uma cama pronta só esperando uma carcaça pra se deitá e uma cumbuca com água pra refrescá.

A outra, que estava virada para o mar, virou-se para nós e pediu para o velho a acompanhar para dentro de casa, enquanto a outra veio em minha direção. De passos lentos e firmes ela se aproximou.

Seus olhos eram de uma profundeza infinita, causando certa vertigem ao focar por apenas alguns instantes.

A um palmo de distância, tragou seu cigarro, fechou os olhos e começou a baforar a fumaça, primeiro em meu rosto, depois em minha garganta e, por último, no plexo solar. Depois disso, foi passando sua mão direita em movimentos circulares por todo o meu corpo, enquanto a esquerda ficava parada na altura da minha cabeça.

Em seguida, levou-me para me sentar no banco onde estava. Depois do que ela fez comigo, parecia que eu nem tinha realizado toda aquela viagem. Eu estava leve igual uma pluma, como se tivesse acabado de acordar.

Quando quase mais nenhuma luz chegava àquele ambiente, eis que surge um vulto vindo da areia da praia. Preto, da cor de café, trazia um pedaço de madeira em seus ombros e, pendurados nela, vários peixes recém-pescados. Vestia uma blusa branca de algodão cru, com três botões na altura da gola. Sua calça também era de algodão, mas da cor marrom, tendo uma corda que funcionava como cinto. Chegando perto de mim, mostrou seu sorriso branco, me fazendo sorrir também.

Deixou os peixes pendurados na parede da choupana, deu uma rápida saída e voltou com alguns pedaços de madeira. Agrupou-os no chão e começou a esfregar um graveto em um pedaço de pedra, junto a algumas folhas secas. Em pouco tempo a fogueira estava acesa. Com esta acesa, a senhora que me fazia companhia levantou, passou a mão em minha cabeça, fez uma carícia em meu rosto e levantou a mão em sinal de adeus. Foi até o homem e disse algumas coisas, sendo que a única coisa que escutei foi “ele já está pronto”.

Nenhum espanto tal frase me causou. Não sei se pela percepção alterada ou porque eu já sabia o que me esperava, ainda que só intuitivamente. A mulher foi-se para dentro da mata, e, quando desapareceu, o pescador me chamou.

— Se aprochegue daqui, meu filho.

E lá fui eu me sentar ao lado do velho.

Enquanto eu me encaminhava até lá, ele se levantava para logo voltar trazendo os peixes que deixara escorados na parede.

Sentamo-nos um ao lado do outro, em frente à fogueira. O velho tirou uma faca velha, porém afiada, de sua cintura. Com mãos habilidosas ele cortava as cabeças dos peixes, tirava suas as vísceras e os descamava. Assim que fez o mesmo com todos, colocou-os para assar sob o calor da fogueira.

Depois de uma longa pausa, em que os ouvidos escutavam somente o barulho dos sapos e outros seres noturnos da floresta, ele dirigiu o olhar para mim. Abriu outro longo e branco sorriso, fitando-me de cima a baixo, como que confirmando minha presença ali ao lado dele.

Levantou-se novamente para, dessa vez, ir buscar duas canecas de café de dentro de casa. Depois do primeiro gole o velho iniciou uma longa e profunda conversa que durou toda a madrugada. Suas palavras eram doces como o melado que, por vezes, endurecia para ser degustado com maior dificuldade.

Contou-me que o episódio do incêndio no castelo já era transmitido para além-mar. Muitos queriam saber quem havia convocado Hélix, o dragão de fogo, para realizar tal serviço. Todos sabiam que seria uma tarefa árdua e esperavam, inclusive, que eu não tivesse sucesso.

O velho contou-me, então, como esperava resolver o que tinha de concluir daqui pra frente, mesmo sem minha ajuda. Não sabia quando nem quem seria capaz de me substituir, mas sabia que haveria alguém. Contudo, entristecia-se com o pensamento do meu fracasso.

Nada dessas preocupações lhe importavam mais, pois eu aqui estava. Ele exultava pelo fato de eu ter chegado mais cedo do que esperava e, ainda, tendo concluído a tarefa mais perfeitamente do que pensava ser possível. Disse-me que não era necessário ter destruído totalmente o castelo, mas apenas deixá-lo inabitável. No entanto, estando ele completamente destruído, não haveria chance de repetir a mesma história, os mesmos erros, nem de olhar para trás arrependido. Assim, nossa tarefa já poderia começar diluindo as atividades em alguns meses a mais.

Mesmo recebendo boas notícias em relação ao desenrolar da jornada, grandes preocupações me tomavam de assalto. Eu havia me adiantado, sabia eu, até realizado mais perfeitamente o que era de mim esperado. Mas as dificuldades futuras eram assustadoramente maiores.

O pescador tentou me deixar mais tranquilo, dizendo que eu poderia me estabelecer em sua cabana, junto com o velho, por mais tempo do que tinha sido pensado. Ainda assim, uma grande tensão subia por minha coluna até o pescoço, ainda que me aliviasse saber que eu poderia ficar ainda mais tempo na casa do preto, melhor refletindo e me preparando para o tentame a mim destinado.

Muito aprendi no ano que passei naquele lugar. A energia elétrica era, ali, inexistente, assim como qualquer forma de contato com o mundo exterior. O local habitado mais próximo exigia que nos deslocássemos por, no mínimo, seis dias ininterruptos de barco, e adicionando mais quatro, caso fôssemos a pé. Como nenhum de nós precisava de muita coisa, o que tínhamos por ali nos era suficiente.

As únicas pessoas, além de Joaquim, com quem o velho e eu mantínhamos algum contato eram as mulheres de turbante que conheci no dia em que cheguei. Ainda assim, eu as via muito pouco, no máximo uma vez por semana. Soube pela boca do pescador que elas eram feiticeiras curandeiras e, por isso, passavam a maior parte do tempo em contato com ervas e animais que pudessem servir na elaboração de novas formas de cura. Além do tempo passado com a natureza, elas igualmente precisavam de extensas horas em processo meditativo para que pudessem entrar em contato com os espíritos que forneciam informações sobre os princípios de cura.

À medida que eu me acalmava e me tornava mais forte, por consequência, para os desafios do porvir, o velho, guardião do castelo, ficava cada vez mais fraco. Em menos de um ano parecia ter envelhecido uma década. Estava muito magro, com os ossos da face saltando pela pele; os olhos caídos e com pouca vida; músculos cada vez mais reduzidos e menos são, mesmo já não sendo muito de falar e expressar seus pensamentos. Suas palavras, que já eram poucas, agora eram desconexas e pouco valiosas. Preocupava-me seu estado, já que ele teria que me acompanhar na grande travessia.

Na segunda metade do ano, fui convidado pelas mulheres a conhecer um pouco de seus trabalhos de cura, tendo sido, inclusive, iniciado em alguns mistérios. Pude visualizar os princípios espirituais que regem vários processos. Dentre eles estava o da semelhança entre a doença e a planta que deveria ser usada para tratá-la. Outro princípio que regia outras era o dos opostos. Se uma doença tinha características rasteiras e sombrias, uma planta alta e que gostasse da luz solar deveria ser usada, equilibrando, assim, as energias em desalinho. Alguns princípios não podem ser revelados, e os poucos que dominei deveriam ser usados depois de minha partida.

Minha relação com seu Joaquim não podia ser mais prazerosa. Era um homem, na faixa dos 50 a 60 anos, com uma disposição de 20. Risonho e tranquilo, seu jeito de falar era carinhoso e divertido. Achava graça de qualquer coisa, mesmo que o motivo, em outros, pudesse causar desespero. O grande ensinamento transmitido a mim por esse homem foi a habilidade da pesca, e a principal virtude desenvolvida por essa atividade era a paciência.

A paciência era necessária para muitas coisas. A primeira delas era para que esperássemos o tempo propício para a navegação. Essa virtude também era necessária no momento que, mesmo estando em local certo, as correntes oceânicas poderiam levar, inesperadamente, os cardumes para outra direção, frustrando nossas expectativas — e isso era bastante comum. Outro imprevisto que nos demandava calma era a presença de um predador — provavelmente uma baleia ou um tubarão — nas redondezas, que pudesse afastar o cardume para longe do nosso barco. Como era um barco a vela, era difícil mudar sua direção para seguir os peixes fujões.

Após tanto tempo de convívio com Joaquim, consegui perceber outros humores que o invadiam. Grande parte deles eram pontuais, relativos a problemas cotidianos, tais como preocupações com algum remendo no telhado da cabana; busca por alguma fruta para nossa alimentação ou mesmo algum problema de saúde — ainda que quase não os experimentássemos. No entanto, o que mais me impactava era a sua melancolia fugidia, mas profunda. Depois de percebê-la, tentei encontrar os possíveis motivos que o levariam a senti-la. Minhas tentativas foram, contudo, infrutíferas. Nenhum acontecimento externo fora do comum estava ao alcance de meus olhos. Foi então que não me contive e perguntei o motivo daquele olhar que por vezes visitava sua face.

Joaquim respirou fundo e me disse:

— Fio, já que percebeu o que passa na cabeça dessi véio, mesmo que eu não dô muita atenção, vou contá um pouco do que é isso.

Com lágrimas aos olhos continuou.

— Fio, sei de toda sua boa vontade e determinação no trabalho que só tá começando, mas, inda que ocê faz isso com maestria, muita coisa será pirdida. Inda que eu deixe só um peixe no mar sem pescá, não vô me senti tranquilo. I eu sei que muito pêxe vai ficar nu má quando esse mesmu má não estivé mas aqui. Queria podê pescá todos, mas é impussível. A melancolia que ocê vê nos óio desse véio é por aquilo que "não tem jeito, nem nunca terá, do que não tem remédio nem nunca terá, o que não tem conserto nem nunca terá". Há peixe, fio, que nun qué ser pescado. São rebeldes e arredíu. Mas num sabi eles que a dô do anzó vai duê menus que a agonia de vê u má nun existi más, só sobranu a agonia da farta de ar, agonizandu lentamente, com olhos abértu vendu seu lar desaparecê todin. O coração do véi dói demais sabendu dissu, mas num adianta. Outros como nós tão fazenu a mesma cosa, mas parece qui, quanto mais pescadô, menus pêxe tem pa pescá. Eles somi tudin... O tempu dessi mar tá cheganu, meu fio. Não foi por falta de aviso! Ai dos pêxe que não se deixá ser fisgado. Vão vê, todos eles, o *"Que todos os avisos não vão evitar, e que todos os risos vão desafiar; que todos os sinos irão repicar, o que todos os hinos irão consagrar"; "onde todos os destinos irão se encontrar...*

A temporada de um ano passada naquele recanto de paz e aprendizado valiosos estava chegando ao fim. Eu estava no décimo primeiro mês junto a Joaquim e às queridas curandeiras, tendo aprendido o que nunca antes imaginara ser possível aprender, o que nenhum livro pôde me ensinar. Muito do que aprendi foi simplesmente pela observação dos fenômenos da natureza que ocorriam a minha volta. As idas e vindas do mar, o vento com sua potência, assim como a mudança de sua direção; o movimento das folhas das árvores; o comportamento dos animais que habitavam próximo a nós; o movimento do Sol na abóbada celeste; as estrelas que habitavam o azul profundo acima de nossas cabeças. Todo esse conhecimento foi e é muito mais magnífico do que qualquer outra coisa produzida pelo homem.

Só existe uma coisa que supera a magnificência daquela natureza: Joaquim. Ele era, ao mesmo tempo, a expressão concentrada da própria natureza, refletindo todos aqueles movimentos sincrônicos, como também era uma enciclopédia de sensibilidade ímpar de como interpretar e dar sentido para tudo aquilo.

Tornei-me um exímio pescador sob sua tutela.

Para que pudesse concluir toda a travessia, a prática da pesca era essencial, pois, por mais que levássemos a maior quantidade de comida possível, era imprevisível a quantidade de tempo que passaria em alto-mar.

Joaquim, nesse último mês, deu-me mais detalhes dos próximos passos, ou melhor, das próximas remadas. Ele pediu que eu esperasse nos bancos de madeira do lado de fora da casa, até o momento em que me chamaria para me dar alguns detalhes mais concretos.

Esperei por mais de uma hora sentado naqueles bancos, sentindo a brisa suave do mar. Joaquim chegou todo suado, passou a mão no rosto para enxugar o excesso e, com um sorriso no rosto, pediu que o seguisse. Acompanhei-o até uma pequena clareira na vegetação de restinga que beirava a praia. Quando entramos, dei de cara com uma pequena embarcação a vela. Sua altura não devia ultrapassar dois metros, e seu comprimento os cinco. Na metade de trás estava a haste que erguia uma linda vela branca. A cor da madeira era clara, com ranhuras desenhadas em seu entorno, como se fossem anéis a firmar um matrimônio entre a embarcação e uma outra coisa ainda invisível. À frente estava esculpido um símbolo em que uma grande linha trançada formava três pontas envolvidas, mais ou menos no meio, por um círculo. Já na parte traseira, havia uma cabine de proteção com espaço para duas pessoas.

Com olhar interrogativo, olhei para Joaquim. Ele respondeu que se tratava de um presente para mim no qual estava trabalhando há meses.

Não pude conter tamanha emoção ao ver a beleza singela daquele barco, mas que demonstrava uma bravura e resistência hercúleas. Ajoelhei-me diante do preto e beijei seus pés, deixando minhas lágrimas rolarem por entre seus dedos, correndo e formando pequenos e efêmeros redemoinhos na areia. Joaquim me puxou carinhosamente pelos braços e me deu um abraço apertado. Ali, protegido por seu amor e cuidado, continuei a chorar tudo o que, por anos, estivera dentro de meu peito, mas não me foi possível externar. Minhas lágrimas agora rolavam por seu tronco, molhando sua já suada camisa de algodão cru.

Todo o tempo que por ali estive, não tive qualquer preocupação com o meio de navegação que deveria ser utilizado. Achava que eu mesmo deveria construí-lo, obviamente com a ajuda do mestre Joaquim. Também não me preocupei por achar que havia coisas mais importantes para serem construídas do que o próprio barco. Os conhecimentos ensinados por Joaquim faziam parte dessas coisas, assim como aquilo que me foi ensinado pelas curandeiras.

Impossível imaginar qual foi a minha surpresa ao me deparar com o barco que seria navegado por mim. Sua concretização era a confirmação do destino que por mim esperava. A contagem regressiva se iniciava, e não havia nada a ser colocado como obstáculo. Só restava esperar.

* * *

O último mês envolveu a todos com uma aura mágica e transcendente. Os preparativos finais estavam quase acabados, faltando apenas alguns retoques aqui e acolá. Os equipamentos de navegação já estavam todos separados em um canto da cabana; a estrutura do barco estava impecável, sem nenhum arranhão; a vela sem nenhum buraco — ainda que fosse do tamanho da cabeça de um alfinete —; e o material de pesca só embarcaria no último dia.

A rede e a vara de pesca, que seriam usadas na viagem, foram confeccionadas pelas feiticeiras. As fibras vegetais de ambas estavam entrelaçadas por mágicas e resistentes fibras, preparadas pelas mãos mágicas e potentes daquelas mulheres. Feitos sob a força das mais sagradas mandingas, aquela rede e anzol eram capazes de, no contato com os peixes, acalmá-los e pacificá-los, diminuindo o sofrimento deles no processo. Diminuiria inclusive o meu desgaste para ter que alçá-los para dentro do barco. Mas isso não era tudo do que eu precisava.

O que era mais desafiador nessa etapa final era um processo por que eu teria de passar. Joaquim me disse que, antes de deixar a terra firme, eu deveria descobrir para qual direção ir. Semelhante ponderação me deixou exasperado. Como assim seria eu quem descobriria a direção? Esperava que já estivesse tudo minimamente planejado em relação à rota e ao que eu haveria de encontrar no local de chegada.

Joaquim, ao entardecer de um dia da penúltima semana, antes da partida, me chamou à soleira da porta de sua cabana. Bebendo o seu costumeiro café, em uma caneca pintada de esmalte branco, já meio descascada, e mastigando um pedaço de mandioca frita, pediu para eu tomar um banho de mar, depois ir ao rio para tirar o excesso de sal e colocar uma muda de roupa branca, para depois o encontrar bem ali, no mesmo lugar. Quando voltei, ele pôs as mãos em meus ombros, olhou dentro dos meus olhos e disse:

— Fio, tarvês esse seje o momentu más difíci que ocê vai passá aqui nessa mata. O que ocê vai fazê é pesado e difícil, mar não há ninguém que podi fazê isso procê. O próximu passo agora é ir pa casa das feiticêra e quando chegá por lá, segui a ordi dada por elas.

Depois de um abraço apertado, Joaquim me deu um pratinho com uma vela acesa.

Enquanto eu me encaminhava para a casa das mulheres, me esforçando para não deixar a vela se apagar, um grande receio se apoderava de mim. O que será que me aguardava naquela cabana? O que as feiticeiras queriam, de fato, fazer comigo? Haveria dor, ferimentos, sofrimentos envolvidos nesse plano? Todas essas perguntas passavam por minha mente, fazendo com que meu coração batesse cada vez mais forte à medida que eu avançava mata adentro.

Já não aguentando de tanta ansiedade, parei por alguns instantes. Olhei para trás desejando poder voltar à cabana do seu Joaquim, mas, por causa disso, o desespero que me atacava se intensificou. Não havia mais caminho de volta. Eu estava parado em uma abertura na mata que era o encontro de quatro trilhas. Uma delas era a que estava à minha frente, e as três outras eram as que estavam em minha traseira, sem, contudo, saber de onde eu vinha.

O único jeito era seguir adiante.

Não havia nenhuma outra fonte de luz, a não ser a minha. Acreditei estar perdido na mata densa e ameaçadora, cheia de olhos invisíveis a me encarar. Parecia que eu estava invadindo o espaço de outros seres que ali habitavam, o que me causava uma sensação de estar sendo observado a todo momento por eles. Tentei continuar na trilha, mas, por descuido meu, acabei tropeçando na raiz de uma árvore próxima. Ouvi um barulho agudo, como de algo se quebrando e, quando dou por mim, percebo que o prato com a vela havia voado de minhas mãos.

A escuridão era total. Nem meus próprios pés eu conseguia ver.

Quase no mesmo instante do apagar da vela, a floresta pareceu sair de sua letargia. Sons estranhos explodiram para todos os lados.

O barulho era ensurdecedor. Parecia que eu estava no meio de uma larga avenida, cujo sons vinham da buzina e dos motores de milhares de veículos; das conversas entre as pessoas; dos aviões que sobrevoavam o céu e das mais diversas músicas que se misturavam por entre o espaço.

Eu percebia o balançar da copa das árvores e o estalar de galhos ao meu redor, mas não conseguia distinguir, diante da escuridão, nenhum ser que pudesse estar provocando tão variados ruídos. Golpes de ar encontravam meu rosto, movimentando meu cabelo, às vezes levemente, outras de maneira mais intensa. Parecia que as criaturas ao meu redor se tornavam cada vez menos cautelosas em se aproximar.

Eu estava a ponto de perder o pouco do equilíbrio mental que me restara, quando me lembrei dos ensinamentos das feiticeiras. Elas haviam me dito que, antes de entrar em qualquer espaço como esse, era necessário um certo ritual. Os seres que ali habitavam — por que não dizer guardiões? — exigiam respeito daqueles que por ali circulavam e muito mais exigiam dos que haveriam de obter qualquer tipo de benefício em seu território.

Lembrei-me, então, do que as feiticeiras me ensinaram. Sentei--me no chão, respirei fundo algumas vezes e comecei movimentos com a mão, terminando com uma solicitação verbal e um último movimento com a mão direita sobre o solo.

Como por um passe de mágica, todos os barulhos cessaram imediatamente, sobrando somente a brisa fresca e o barulho das ondas do mar bem distantes. Lentamente, bem à minha frente, se iniciou um espetáculo singular. Minúsculos pontos verdes florescentes começaram a acender diante de mim, formando uma fila que se estendia para fora de minha vista.

Levantei-me e segui na direção que as luzes apontavam. Por quase uma hora andei daquela forma até o momento em que comecei a vislumbrar uma luz logo à frente. À medida que me aproximava, as pequenas luzes fluorescentes se apagavam, até que a única luz que sobrou foi a de uma cabana no meio da floresta.

Como cheguei na parte de trás da cabana, tive que circulá-la até encontrar a porta de entrada. Assim que a contornei, deparei-me com as duas feiticeiras sentadas na varanda da casa, cada uma com um cigarro na mão. A porta da entrada estava aberta, possibilitando saciar minha curiosidade sobre aquilo que me esperava.

Elas sorriram com seus dentes branquíssimos — o que me surpreendeu, e muito, já que fumavam a toda hora —, jogaram seus cigarros fora e entraram, acenando com a mão para que eu fizesse o mesmo. Como de costume, havia uma mesa de vime com um vidro na parte de cima, acompanhada de duas cadeiras. Só que, dessa vez, parecia que o espaço havia sido organizado para receber algum tipo de cerimônia. Um grande tapete colorido com figuras geométricas havia sido estendido sobre o chão da sala. Sobre ele muitas almofadas foram colocadas, e, nas quatro pontas, estava uma vela acesa. Entre duas velas estava uma cumbuca com uma água esverdeada e cheia de ervas.

Uma delas sentou-se à mesa, pedindo que eu fizesse o mesmo. A outra foi para o cômodo anexo fazer sei lá o quê. A que comigo estava agachou-se e pegou uma peneira contendo dezesseis pequenas conchas. Ela jogou as conchas e as analisou seriamente durante alguns minutos. Enquanto isso, sua companheira já tinha saído do quarto, só que agora vestindo uma saia das cores azul e amarela. A que estava à mesa se levantou e se dirigiu para outro cômodo.

Esperei por quase uma hora até que voltasse, e, tal como a outra, havia mudado de roupa, só que a sua era toda branca. Também havia um adereço que bloqueava sua visão, enquanto na sua mão direita havia um bastão parecido com um cajado. Em sua mão esquerda estavam alguns vegetais que me pareciam cogumelos. Com o movimento de seu bastão, ela fez com que eu me aproximasse. Quando o fiz, ela pediu que comesse todos os cogumelos que estavam em sua mão.

A moça de azul e amarelo me chamou, pela primeira vez, pelo meu nome e pediu para que eu me sentasse ao seu lado. Repetiu o que tinha falado seu Joaquim: que esse, provavelmente, seria o momento mais difícil desde que eu havia chegado até aqui. Pontuou, no entanto, que elas estariam ali para me ajudar a lidar com qualquer dificuldade e que eu deveria ter a certeza de que, por mais difícil que fosse o processo, ele ia passar, assim como tudo passa na natureza. Disse que o essencial era que eu conseguisse manter a mente firme, mesmo que o corpo não mais a obedecesse. Lembrar-me do Pai Joaquim, repetir seu nome, ainda que ele não estivesse ao meu lado, já seria capaz de me fortalecer. Fiz que sim com a cabeça e esperei o desenrolar dos acontecimentos. Ela puxou um cachimbo de um recipiente em cima do tapete, pegou um punhado de ervas, acendeu com um fósforo, baforou algumas vezes e depois direcionou a fumaça na minha direção. Na primeira baforada eu já estava em outro estado de consciência, mesmo percebendo tudo o que se passava ao meu redor. A moça ao meu lado sentou-se, pegou um bongô que lhe estava próximo e começou a tocá-lo. Imediatamente, a outra que estava vestida de branco começou a dançar de forma suave e com movimentos repetitivos. Dentro de poucos minutos eu já não conseguia sustentar meu próprio corpo, deixando-o, aos poucos, para trás.

* * *

Acordei em uma paisagem misteriosa e inundada de neblina. Era possível visualizar uns poucos focos de luz por entre algumas árvores. Sem qualquer tipo de movimentação ou ruído, a impressão que aquele lugar me dava era de profundo temor e hesitação. Do meu lado esquerdo, erguia-se uma colina de envergadura razoável, por onde uma estrada, vinda de onde eu estava, serpenteava. Ao chegar quase no topo, uma mata densa e verde escura engolia a estrada. Dali para cima nada se via. Só consegui identificar três fontes mais de luminosidade artificial naquela direção, o restante tinha sido engolido pela escuridão.

Comecei a andar de forma vagarosa, temendo absolutamente tudo, desde a minha própria sombra, até o leve balançar da copa das árvores. A respiração naquele local, percebi, era absurdamente opressora. Não sei se era somente a grande umidade, mas algo havia que tornava esse processo pesado e doloroso, sendo impossível usar meus pulmões plenamente.

Passo a passo, com olhos sempre vigilantes, continuei a andar, aumentando aos poucos a velocidade da caminhada. Passei por um intervalo entre postes que estavam sem luz, aumentando o ritmo "levemente" quando passava por lá. Poucos minutos depois, eu estava em frente a uma casa de estilo colonial, onde as luzes estavam acesas e que parecia abrigar algumas pessoas. No entanto, algo me assustou. Bem abaixo das janelas do primeiro andar, havia um vão fechado por grades de ferro. O espaço parecia a morada de um cão feroz, vigilante incansável daquela propriedade.

Não sou capaz de reproduzir o horror que subiu em minha espinha quando vi dois olhos me observando lá de dentro, mas sumiram tão rápido quanto apareceram.

À minha direita estava um lago tranquilo, porém impenetrável, cujas águas turvas pareciam esconder impronunciáveis mistérios de morte. Bem afastado da margem mais próxima, estava um pequeno píer de madeira, no qual se encontrava atracado um barco de madeira de dois lugares. Entre o lago e a casa serpenteava uma outra ruela que seguia até a escura floresta no topo da colina.

Ao subir em direção à casa, para ver se havia alguém que pudesse me dar algum tipo de informação sobre o lugar, uma grande claridade começava a surgir no horizonte atrás do lago. Alguns segundos depois, já me era possível notar um semicírculo surgindo do céu mergulhado em escuridão.

Um forte e surdo ruído surgiu da direção em que estava a casa. Quando olhei, absolutamente nada estava fora do lugar, nem mesmo os moradores pareciam se importar ou, quem sabe, nem eles mesmos estivessem vivos para notar. A única coisa que percebi, ou melhor, que não pude perceber claramente, foi o mesmo calafrio que senti quando olhei dentro das grades de ferro novamente. Continuei a caminhar, apesar disso. Quando a lua já estava quase totalmente descoberta, um outro ruído, só que mais forte do que o outro, rompeu noite adentro. Quando olhei para as grades, já estavam todas retorcidas, quase que se rompendo, tamanho foi o impacto daquela força.

Imediatamente comecei a correr pela ruela, mas não sabia por onde seguir. Olhei para a floresta escura, mas ela me causava tanto pavor quanto aquele ser que se escondia detrás das grades.

Foi então que corri para o lago.

Enquanto eu corria, a lua chegara a seu esplendor. Vermelha como sangue, surgiu violenta. Capaz de despertar os mais perturbadores delírios da consciência, levantar o fraco, derrubar o forte e fazer sóbrio o ébrio e ébrio o sóbrio. Assim que ela se mostrou inteira, surgiu um ruído ensurdecedor nas minhas costas, vindo da direção da casa, sem que eu, contudo, olhasse para trás. Eu já estava chegando próximo ao píer quando escutei passos em ritmo frenético, junto a uma respiração ofegante e sedenta. Quando já estava a um passo da estrutura de madeira acima do lago, uma garra arranhou meus ombros, e um hálito carnívoro e úmido tocou minha orelha e minha nuca.

Consegui, ainda que as garras da criatura tivessem me ferido, me desvencilhar e pular para dentro do lago. Quando acordei, eu estava de volta na cabana das feiticeiras, murmurando o nome Joaquim.

Assim que abri os olhos, fiquei aterrorizado com o que via. Meus braços e pés foram amarrados por fortes algemas de ferro, presos cada um para uma direção. Ao olhar com olhos suplicantes por resposta, para as feiticeiras, elas pediram que eu observasse a situação dos meus braços e pernas.

Petrificado, olhei para os profundos arranhões que surgiram na parte interna dos meus braços, em cujas dobras estava a maior parte dos estragos, deixando evidente a carne viva depois dos meus movimentos involuntários. Haviam me prendido para que eu não me ferisse ainda mais. Não só isso! Caso o episódio tivesse sido mais intenso, haveria risco inclusive para elas.

Sentia um ardor intenso por toda a área afetada pelas feridas, como se tivessem colocado diversas taturanas sobre minha pele. Quanto mais eu me mexia, mais doíam e mais eu ficava desesperado. Decidi, por fim, ficar quieto.

Não pude entender qual o motivo de tal sonho lúcido. Há muito que eu sonhava com semelhante criatura, tendo-a sempre em meu encalço me aterrorizando. Diversas vezes eu procurei significado nos chamados símbolos e representações, buscando pela origem de algo que eu desconhecia e que parecia se distanciar ainda mais de minha compreensão, toda vez que supunha encontrar a resposta. Sempre fui refém daquele espectro que inúmeras vezes viera até mim tentando estabelecer algum tipo de contato. Porém eu nunca quis semelhante coisa com aquela criatura, e espero nunca desejar, mas sua insistência em se apresentar era por demais inquietante. O que ela queria comigo? Por que tamanha obstinação em me seguir e tentar me dominar? Talvez essa seja hora de uma mudança de atitude com aquele ser diabólico.

Não me parece que um diálogo surtiria qualquer efeito, até porque sua fúria é desenfreada quando está correndo na minha direção.

Quem sabe eu não deva deixá-la falar primeiro?

Enquanto me recuperava de meu estado de espírito deplorável, já podia sentir alguns sinais de um certo equilíbrio se restabelecendo. Menos ofegante e trêmulo, desloquei meu olhar do teto da cabana para as moças que me acompanhavam. Uma delas perguntou se eu queria continuar com o ritual, ao que respondi que sim com a cabeça. A que estava com a roupa branca foi e voltou rapidamente trazendo uma nova quantidade daquele cogumelo exótico.

Abri a boca e mastiguei mais uma quantidade do fungo. Novamente, uma das feiticeiras lançou sobre mim a fumaça de seu cachimbo por toda a extensão do meu corpo, reiniciando as batidas no bongô, tal como acontecera há pouco. Já com a consciência enfraquecida por causa da fumaça, bastaram poucos segundos para que tudo se escurecesse.

Novamente me encontrava naquele ambiente sombrio e nebuloso. A mesma paisagem, pronta para exercer seu domínio ilusório sobre mim. Eram os mesmos postes acesos e os apagados; as mesmas árvores retorcidas de aspecto fantasmagórico; o mesmo silêncio; o mesmo píer junto ao lago e, por fim, a mesma casa de aparência inabitada e seu "aposento" gradeado.

Repeti, deliberadamente, os mesmos passos em direção ao lago, sabendo que a mesma lua estaria por surgir e o mesmo ser estaria pronto para me atacar. Só que, agora, eu faria como jamais fiz.

Quando a lua despontou e a fera se manifestou pela primeira vez, eu não me abalei — continuei olhando para a lua. Comecei, então, a andar em direção à floresta no topo da colina. No meio do trajeto percorrido, a lua surge pela metade, provocando uma outra manifestação furiosa vinda da casa que agora estava às minhas costas. Novamente não me virei.

Enfim, a lua desponta no horizonte, inteira e intensamente iluminada por um vermelho-sangue. Ouço um ruído ressoando por todo o ambiente, mais violento que todos os outros, mais rápido e preciso; tinha sido o golpe decisivo. Diante desse último ruído começo a correr em direção à floresta com passos rápidos e decididos. Chego cada vez mais próximo daquela escuridão impenetrável, ao mesmo tempo em que escuto o pisar de quatro patas furiosas. Com a mente fria e reta, de olhos serenos e atentos, sigo em direção à sombra. Minha respiração era equilibrada e constante. Quando, porém, a apenas um passo do domínio da floresta, sinto a chegada do animal. Meu passo seguinte era a passagem de um limite entre os dois ambientes. Tão logo o ultrapassei, o animal me atacou, e fui derrubado no chão. Quando abri meus olhos, após a queda, tudo era escuridão.

* * *

Uma pressão enlouquecedora dominava minha cabeça, assim como meus olhos, mal podendo abri-los. Meu corpo inteiro estava rígido, como se eu estivesse pronto para atacar algum inimigo. Suava bicas, deixando minha roupa ensopada, de tal modo que parecia que eu acabara de dar um mergulho no lago. De joelhos no chão, ainda não tinha condições de me levantar. Não por falta de força, mas pela tremedeira que se apoderava do meu corpo. Minhas mãos estavam rígidas, e suas veias, assim como as dos meus braços, saltavam sob a pele. Meus dedos pareciam querer furar o chão, tamanha era a força com que se apoiavam. Minha respiração era rápida e violenta, fazendo meu tórax e abdômen subirem e descerem simultaneamente e intensamente.

No momento em que me senti mais estável, tentei me levantar. Ainda de olhos fechados, e agachado, fui tentando abri-los enquanto tentava ficar em pé. Difícil o leitor imaginar o que aconteceu, inclusive me é difícil assimilar ainda agora. Quando abri os olhos, eu podia ver claramente tudo à minha volta, absolutamente tudo. Não era uma luminosidade comum, entretanto. Era de uma tonalidade azulada, flutuando mais para o cinza e, por vezes, para o verde. Por metros a fio eu conseguia observar o ambiente que me envolvia, por mais estranho que possa ser, já que nenhum tipo de fonte de luz existia por ali.

O maior susto foi perceber que, quando focava em um ponto qualquer, fosse em uma árvore ou em algum animal na mata, por mais longe que fosse, eu conseguia enxergá-lo, escutá-lo e ainda podia sentir seu cheiro. Toda a floresta estava repleta de odores, dos mais variados. Eram odores de flores, folhas, troncos e da própria terra. Igualmente conseguia sentir os odores de quase todos os animais em um raio de quilômetros, apesar de não serem tão bons assim.

Olhei novamente ao meu redor tentando ver para onde tinha ido a fera que me havia atacado, mas em vão. Em nenhuma direção ela se encontrava, mesmo eu estando com todos os meus sentidos apurados. Voltei alguns passos na direção contrária. Quando deixei o domínio da floresta, fui iluminado pela luz da lua, que já estava alto na abóbada azulada. Olhei em direção ao lago, não conseguindo encontrar nenhum rastro do animal feroz. Fui, então, em direção à casa. Bati na porta, mas ninguém respondeu. Ao lado da porta dos fundos, havia uma janela com uma pequena abertura na cortina que me deixava enxergar lá dentro. Quando lá cheguei, observei um corpo de uma mulher estraçalhado ao chão. Seu braço direito estava todo fatiado por marcas que pareciam ter sido feitas por um grande animal. Já no seu pescoço, era possível ver o resultado de uma grande e poderosa mordida por onde a maior parte do sangue tinha sido derramada. Sua mão esquerda tentava, de maneira infrutífera, parar o jato de sangue que havia saído pela ferida.

Seu corpo se encontrava na beira de uma escada que parecia dar para uma espécie de porão. Ao seu lado direito estava um molho de chaves tingido de sangue, jogado displicentemente no chão imundo. Refleti que a pobre moça tentara, ainda que em vão, trancar seu agressor naquele cômodo do subsolo. Ela fez o possível, mas foi tarde demais para que pudesse lhe restar um fio de vida sequer. Quando vi a direção na qual dava aquela porta, me espantei por perceber que ela estava na direção do porão de onde a criatura tinha fugido e me atacado.

Afastei-me da janela para ir na direção das grades retorcidas, mas, quando passei novamente pela porta da cozinha, pude ver meu próprio reflexo no vidro que lá estava. Todo o meu corpo havia mudado, não sei se assim que chegara naquela terra sombria ou se depois do ataque da fera. Desde o rosto até as pernas, eu estava com marcas tribais negras desenhadas por todo o corpo, circulares umas, trançadas outras. Quando virei de costas os mesmos desenhos lá estavam, sendo que no meio estava trançada uma grande árvore que se ramificava por todo o meu corpo, se unindo a todos os outros traços.

O que mais me espantava era o fato de, no meu reflexo, existir uma cabeça de lobo com sua mandíbula superior cobrindo a minha própria. Dessa cabeça se estendia o restante da pele do animal que me cobria como um casaco. Porém, nada disso estava presente na realidade. Realidade? Eu estava olhando a mim mesmo em um reflexo, depois de ter sido atacado por uma fera que estava presa em um porão de uma casa, localizada em um ambiente onírico e sombrio. Bem, essa era a minha realidade inquestionável, naquele momento.

Olhei para meu corpo, mas nada do que tinha sido refletido estava nele desenhado. Continuei meu caminho até o porão. Chegando em frente, vi que parte da grade de ferro havia sido jogada para longe, e a outra ficara retorcida, mas ainda ligada à estrutura original. Fui um pouco adiante para ver se encontrava algo mais. Ainda que não houvesse qualquer fonte de luz, pude ver, sob uma luz azul-acinzentada, o cadáver que jazia em frente. Era um homem nos seus quarenta e cinco anos, de porte médio e aparência vulgar. No terceiro dedo de sua mão esquerda estava uma aliança de ouro, dando a entender que ele era o marido da mulher sem vida no andar superior. O que aconteceu entre os dois para que aquela cena se concretizasse? Pelo que observei dentro da casa, tudo era absolutamente perfeito, com cada coisa em seu devido lugar. Os móveis eram belamente planejados, o chão cuidadosamente limpo, e havia uma variada gama de eletrodomésticos para cada atividade culinária. Era tudo excessivamente civilizado. Talvez deva ter sido exatamente por isso.

A mulher estirada ao chão demonstrava ser de uma elegância bastante sóbria. O seu vestido era da cor creme, com minúsculas flores rosadas espalhadas por toda a extensão da peça. Brincos de pérola única enfeitavam suas orelhas, e havia um cordão de ouro em seu pescoço. Seu penteado, que parecia ter sido tão cuidadosamente feito, agora era só um traço pouco visível da calmaria reinante antes da barbárie.

O homem, no entanto, não parecia ter nenhum cuidado para consigo mesmo. Barrigudo e macilento, parecia que andava o dia inteiro a comer. Seu rosto não demonstrava nenhum tipo de emoção, nem boa nem má. Duas rugas nos dois cantos de sua boca, voltadas para baixo, confirmavam a vida medíocre que levava. Era necessário muito tempo de uma vida sem qualquer tipo de satisfação para que ficassem marcas como aquelas em seu rosto.

Estranho foi constatar a possível causa de morte daquele homem: uma de suas mãos segurava uma barra de ferro pontiaguda, recém--retirada da grade, que atravessava seu pescoço de um lado a outro, evidenciando um possível suicídio. Mas, se não foi ele quem havia corrido em minha direção, quem teria sido?

Cheio de perguntas sem respostas, me afasto daquelas cenas de violência e volto para a floresta. Por entre as árvores vou caminhando com confiança. A escuridão era meu suporte agora, minha potência. Podendo enxergar mesmo nela, percebo que ela é aparente quando usamos outros sentidos, tornando o impossível possível. Eu dominava-a!

Durante horas andei por aquele caminho de terra que seguia incessantemente para o alto, com um humor tranquilo e inabalável. Parecia que uma corrente elétrica corria por todo o meu corpo, pulsando veloz por todas as células, nutrindo-as. Sentia que meus olhos faiscavam para quem, por um acaso, pudesse observá-los. Ao chegar ao final da trilha, percebi uma grande clareira plana no topo da montanha. Quando saí do abrigo das árvores, pude ver um grande círculo formado por doze grandes monolitos. No meio do círculo havia uma outra pedra plana, que, pela aparência, servia para fins ritualísticos. Assim que cheguei dentro do círculo, um raio fulminante caiu sobre a rocha que se encontrava no meio, para que, depois da dispersão da fumaça, derivada da combustão de vários elementos presentes no ar e na terra, surgisse o pequeno ser esverdeado, de orelhas pontudas, em pé sobre a pedra ritualística.

Era Oplopitus!

— Vejo que está vivo e teve sucesso com as mutações — disse.

— Aparentemente sim, mesmo achando que já morri algumas vezes.

Demos uma grande gargalhada conjunta.

Ele levantou a mão e fez um aceno para que alguém atrás de mim se aproximasse. Quando olhei para trás, vi um grupo de seres estranhos se aproximando do círculo. Todos eram criaturas da noite, viajantes das sombras, víboras noturnas, moradores do subterrâneo e de tudo que está escondido do Sol, da luz, dos olhos, mesmo dos mais atentos. Os doze foram se posicionando, cada um de frente para um monolito. Quando o último ser se posicionou, um tal branquelo, usando um terno bastante antiquado, com dentes caninos pontiagudos, Oplopitus me deu a mão e pediu que eu subisse junto a ele na pedra central. Em pé, sob a luz da lua, todos os seres ao redor se curvaram diante de mim. Eu havia me tornado seu senhor e guardião.

No entanto, eu realizei um juramento diante de todos, comprometendo-me a não os tornar conhecidos das grandes massas humanas, nem de traí-los para fins pueris e pessoais, tampouco para prejudicar qualquer ser que fosse, sob o risco de ser dominado por eles. Com a mão no peito, olhos fechados e tronco inclinado para frente, acordo na cabana das feiticeiras.

Quando abri os olhos, a luz do Sol já se espraiava pelas janelas e pelas frestas das paredes feitas de madeira. Nenhuma corrente me prendia mais, e, mesmo assim, nenhuma ferida nova apareceu em minha pele. Sentado sobre o tapete, reparei nas mulheres sentadas na mesa da frente, onde havia o oráculo. Demonstravam bastante cansaço, mas não escondiam o sorriso da face quando eu as olhei. Tinha tudo dado certo, afinal.

Uma delas disse:

— Que cosa difícil, né, moço? No início eu achei que ocê nun ia guentá, mas cabo que ocê tá aqui bem inté demais. Acho que chegô a sua hora de parti. Tá tudo pronto fora e dentro. Só tem mais uma coisinha aqui. Vem cá só um tiquinho, faz favô.

A outra mulher se levantou e foi para trás de mim.

— A única cosa que farta, fio. Ocê tem de saber pra onde vai. Num é mesmo?

A feiticeira jogou as conchas novamente e, pela cara que fez, não parecia uma visão muito agradável. Quando olhei para o cesto, vi o desenho de uma cruz cujo simbolismo atual não era dos melhores, dada a quantidade de mortos que com ela se relacionam.

Entendi imediatamente qual era a direção a ser tomada, pois Joaquim me ensinara alguns métodos de navegação, usando tanto instrumentos criados pelo homem, quanto pelo cosmos. A estrela do Norte era meu caminho, pelo menos por enquanto.

Estagnação

"Céu e terra estão dissociados, e todas as coisas tornam-se entorpecidas. O que está acima não se relaciona com o que está abaixo, e na terra prevalece a confusão e a desordem. O poder da escuridão está no interior, e o poder da luz, no exterior. A fraqueza está no interior, a rigidez, no exterior. Os inferiores estão no interior, os homens superiores estão no exterior. O caminho dos homens inferiores está em ascensão, o caminho dos homens superiores, em declínio. Porém os homens superiores não se deixam afastar de seus princípios."

"A estagnação não dura para sempre. Entretanto, ela não acaba por si mesma; para extingui-la é necessário o homem adequado. Essa é a diferença entre a paz e a estagnação: é preciso um contínuo esforço para manter a paz, que de outro modo se converteria em estagnação e em decadência. Entretanto, a época de decadência não se converte automaticamente em paz e prosperidade, mas ao contrário, requer um esforço para ser superada. Isso indica a atitude criativa, necessária para que o homem possa trazer ordem ao mundo." [3]

Voltei, então, para a cabana de Joaquim. Chegando lá, me deparei com ele fazendo tudo de forma exatamente igual ao dia em que o conheci. Da praia, chegava ele trazendo meia dúzia de peixes pendurados em um pedaço de pau, deixando-o apoiado na parede da cabana enquanto preparava a fogueira para assar a comida. Olhou para mim e pediu que aguardasse um pouco para que terminasse os preparativos da refeição. Já noite, logo depois de ter colocado os peixes sobre o fogo, Joaquim me chamou para me sentar ao

[3] I Ching, O Livro das Mutações – Richard Wilhelm

seu lado. Deu-me uma xícara de café e tomamos o primeiro gole ao mesmo tempo.

Assim que terminamos, ele falou:

— Fio, fico feliz da sua vorta. Viu!? Deve imaginá do porquê da necessidade disso tudo. Mas vou contá com mais detalhes pra quê ocê pode intendê.

Sua palestra pode ser resumida, em minhas palavras, mais ou menos assim:

Da sombra e da luz

Iludido está aquele que crê na existência de luz e sombra, pois a única coisa que existe no universo é luz. Umas são mais fortes, outras mais fracas. Cada uma apresenta uma cor, um tom diferente, como uma paleta de cores quase infinita. Pense em apenas uma cor e não terás ideia da quantidade de tons possíveis que ela comporta. Agora, imagine cada cor, e cada cor se combinando com outras cores e com outros tons de cada cor. O próprio branco possui as suas variações. Do mais opaco até o mais transparente, até aquele impossível de ver.

Tudo vibra no universo. E, como tudo vibra, há emissão de ondas. Cada onda tem sua cor, e cada cor tem sua onda. Dadas as limitações dos nossos corpos, muitas das vibrações que nos rodeiam são impossíveis de serem percebidas, mas ali estão.

Pouco se sabe sobre elas, até porque o homem ainda engatinha em seu conhecimento. Contudo, não é somente por isso que o homem desconhece muitas das luzes que o envolvem. Alguns já disseram ser inevitável a sombra, muitos já disseram que é ela que comanda a vida, poucos levantaram o véu que a produz.

Alguns homens de valor, crendo no poder do lado sombrio, pregavam o diálogo com ele, mas não diminuindo seu domínio. A claridade que procuravam lançar sobre o desconhecido acabava por aprofundar a escuridão ao redor. E muito do que estava sob domínio da luz acabava por atingir as trevas, caso o foco da lanterna mudasse de direção.

Agora te digo onde se equivocam esses homens. A origem desse feixe de luz, potente, mas insuficiente, vem do e é o próprio intelecto humano. Ele só capta parte do magnânimo fluxo que percorre e permeia todo o universo. Esse feixe de luz que provém do intelecto pode ficar ainda mais limitado, se parte do que lhe compõe provém de apenas uma fonte. Deixe-me esclarecer esse ponto.

Da mente do homem surge o intelecto, e, por sua vez, o intelecto se origina das múltiplas influências e informações dadas pelos sentidos corporais. Mas a mente não é unicamente fruto desses sentidos, nem do intelecto. Existem outras informações que não são agregadas pelos primeiros, mas jorram na mente daqueles que já não identificam a si mesmos com seus próprios sentidos, mas vão além deles. No entanto, não se pode chegar à grande luz sem que se conheça parte da luz que os sentidos absorvem. Só quando o homem não desprezar nenhum de seus sentidos é que realmente poderá perceber a luz que habita todos os lugares. Depois de aprender com esses sentidos, aí sim poderá expandir outros sentidos que nem sequer imagina existirem.

O ser humano, na sua arrogância, tenta, há milênios, levantar-se da lama em que se debate. Tem tentado, sem sucesso, lograr o acesso à morada dos deuses solares e, para isso, ainda no presente, crê ser possível fazê-lo separando-se dos animais. Na sua ilusão narcísica, quis separar-se de seus irmãos menos complexos, pensando ser parte especialíssima e extraordinária da criação da vida. Obcecado pela característica que o distingue dos outros seres, o raciocínio, transformou-o em forma de dominação. Acreditando só existir aquilo que pode capturar com os olhos, delegou à ordem de meras ilusões o que não poderia ser capturado por eles. Mas por que o fez? Pois são aqueles sentidos mais difíceis de serem controlados, e os que mais levam o homem a perder o domínio de si mesmo. Os olhos são os sentidos mais frios, de certo modo. A contemplação é fria, insossa, sem cheiro, sem som e sem tato. E aquele cujo intelecto identifica apenas a visão como critério de verdade cai em profundo equívoco.

Um outro sentido venho lhe mostrar, meu jovem. Esse sentido é o maior deles. Ele é tanto a junção de todos os anteriores como algo em si mesmo. Difícil de ser explicado, impossível de ser capturado. Aquele que crê somente na visão não o conhece. O que tem ouvido para tudo longe está de conhecê-lo, tanto quanto aqueles que priorizam apenas um sentido. Nem os que usam dois, três, quatro estão aptos a conhecê-lo. Somente os que valorizam e consideram todos igualmente importantes em suas vidas podem conhecer esse outro sentido.

Soube, então, ser o ritual vivenciado na cabana da floresta uma tentativa de reativar o contato com esses sentidos desprezados por mim. Vidas e mais vidas de isolamento dos conhecimentos animais ancestrais, presentes do criador para a criatura, verdadeiras escadas de ascensão espiritual a mundos de bem-aventurança e paz celestiais. Como poderíamos nós, pobres raquíticos, sentir maravilhosos perfumes dos deuses se não fosse nosso sentido olfativo? E os deliciosos manjares espirituais? Como haveríamos de saboreá-los sem o paladar? E quando é que sentiríamos o toque da graça dos deuses em nossa pele se não usássemos as sensações tácteis? Pois bem, reativar esses sentidos era parte do meu caminho de ascensão, que igualmente seria de grandes provações, mas estas seriam superadas mais facilmente com ajuda dessas ferramentas.

A grande diferença, agora estabelecida, entre os desprezadores dos sentidos e os seus exaltadores é que os primeiros temiam que os sentidos se utilizassem do homem como escada para tudo o que é inferior, pois o mero contato com eles os fazia se identificar com os mesmos. Os antigos exaltadores dos sentidos eram aqueles que se deixavam ser escalados pelos sentidos para as profundezas de si mesmos, crendo assim valorizar a própria vida e a existência.

Um outro tipo de exaltadores dos sentidos estão por surgir na aurora da nova era de homens-deuses. Eles tornarão os sentidos asas, usando-as para atingir alturas incomensuráveis rumo ao infinito, morada dos deuses mais puros. Na história da humanidade eles aqui já estiveram, mas foram poucos. Menos ainda os que lhes deram ouvidos.

Joaquim terminou dizendo que tudo aquilo havia servido para eu conquistar o sentido formado por todos os outros. Enquanto estes últimos são usados pelo intelecto para se guiar no mundo e deliberar sobre suas ações, o novo sentido exerce a mesma função deliberativa do intelecto, sem, contudo, cogitar, pensar, refletir sobre coisa alguma. Ele é o meio pelo qual e para o qual os homens devem, enfim, se guiar.

Esse novo sentido tem muitos nomes, mas o conhecemos como a voz do coração. Ele será de grande ajuda em minha travessia. É a ele a quem deverei obedecer, acima de tudo, quando o conhecimento que Joaquim me deu não mais servir. Esse sentido é o que mais nos aproxima do criador. Guiando-se por ele chegarei pouco a pouco, mas certamente, a este último. Quando as estrelas não mais brilharem, nem o vento soprar, nem ruídos do mar se elevarem, o cheiro e gosto de sal me alcançarem, aí meu coração saberá por onde ir.

* * *

A última semana antes da travessia chegara, enfim. A saúde do velho, antigo zelador do meu castelo, esvaía-se de forma incrível. Preocupava-me seu estado, já que não havia jeito de ele ficar naquela cabana, o que só determinaria a fatalidade de sua morte. Sua ida comigo na travessia era obrigatória. Eu, àquela altura, ainda acreditava que pudesse salvar sua vida chegando ao outro lado da margem. Mas enganei-me!

Fui à cabana das feiticeiras pedir que fizessem um tônico que pudesse levantar o ânimo do velho, e que talvez pudesse salvá-lo daquela enfermidade que lhe usurpava a vida. Elas se entreolharam descrentes, mas deram, mesmo assim, um preparado que parecia ter restaurado quase que a totalidade da sua saúde. Nos últimos dias ele caminhava pela areia da praia, com passos lentos, ora vacilantes, mas mostrava um semblante tranquilo. Quando perguntei como se sentia, ele transpareceu um olhar de profundo pesar. Não sei se esse pesar era por ele ou por mim.

Tudo levou a crer que era mesmo por mim. A ideia de fazer a travessia sem ele me amedrontava, desesperava. Meu coração se encheu de tenra alegria mesclada de gratidão quando percebi que o velho atrasava sua partida para ajudar em meu processo. Abracei-o com absoluta reverência quando o percebi. Sua última expansão de vida parecia ser o último suspiro de despedida daqueles que estão prontos a realizarem a grande passagem. Geralmente não ocorre por necessidade própria, mas como oferecimento de certo alívio aos corações próximos que podem compartilhar um último momento de alegria, fazendo-os esquecer a despedida e transformando a última memória em um recipiente de bem-estar para momentos posteriores.

O derradeiro havia chegado. Todos se encontravam na areia da praia ao lado do barco que deveria partir em alguns instantes apenas.

Despedi-me primeiro das feiticeiras. A despedida daquelas mulheres sensacionais foi bastante sofrida. Acabei por me afeiçoar àqueles traços imponentes e, por vezes, frios. Mas quem tivesse paciência para conhecê-las melhor saberia que do íntimo delas brotava o mais doce néctar, das mais belas flores, dos mais perfeitos jardins. Junto a uma torrente de lágrimas de alegria mesclada a uma saudade antecipada, disse-lhes adeus. Antes de ir, porém, me deram uma bolsa cheia de ervas e produtos da floresta. Disseram que eu precisaria de alguns deles durante a jornada. Alguns já estavam prontos, mas outros deveriam ser preparados por mim.

Dei um abraço apertado em cada uma, sentindo em ambas a grande energia que emanava daqueles corpos fortes e belos, cujos espíritos ali contidos eram vislumbrados de quando em vez, somente em momentos de emoção intensa e de grande importância para aqueles que se encontram próximos. Esse era um desses momentos. Assim que as abracei, a impressão era de que naqueles corpos habitavam os espíritos de duas impressionantes rainhas, mandatárias de reinos celestiais, belos, justos e plenos de alegria. Por apenas alguns segundos as vi revestidas por vestimentas extremamente luxuosas, com fios de ouro com a mais pura seda. De suas orelhas pendiam brincos de pedras exuberantes que quase alcançavam os seus ombros. Seus antebraços estavam cheios de braceletes dos mais variados tipos: dos finos aos grossos; com pedras preciosas e os sem pedras; de ouro e prata; de fibras metálicas e naturais. Tão logo as vi nessa forma, voltaram a sua forma natural. Elas sorriram. Dei-me conta de que elas assim se apresentaram de forma deliberada, desejando me mostrar suas verdadeiras identidades.

Depois, fui em direção a Joaquim e quase não me contive. A emoção era tão grande que me fazia tremer todo o corpo. Meus olhos se inundaram de lágrimas, embaçando toda a minha vista, dando-se o mesmo com ele. Fomos ao encontro um do outro. Abraçamo-nos forte e longamente. Era um abraço de despedida, ao mesmo tempo em que era um abraço que trazia esperança para cada um, renovando as energias benéficas que seriam usadas daqui para frente.

Ele me afastou de seu corpo com seus braços fortes, segurando cada um de meus ombros. Olhou para o fundo de minha alma e disse:

— Vá em paz, irmão di alma. Sua luta foi minha luta. Agora qui estamo iqui, partimo cada qual para uma direção. Em breve nos vemu por esse mundão aí. Eu já fiz minha travessia, agora é sua vez. Não posso te acompanhá pessalmente, má nossa mente tá ligada sempre que precisá, num si isquece dissu, fio. Tudo quocê passô foi importante procê chega inté aqui. Seu coração tá preparado, seu corpo, sua alma também istá. Pur isso, não tema o que está por vir. Essi será um passu muito dus importante. Depois di tudo isso outro ser há de habitá esse corpo aí. Por fora quasi tudo igual, mas por dentro tudin será novo. Pelos teus olhos se saberá o que passô cocê, tranformandu essas duas janelas em dois portais pra grandes alegrias. Vá e tome o que é seu, tome sua alma de vorta. Pegue ela, capture e nunca mas deixa que se vá.

Após a minha despedida o velho guardião do castelo também se despediu de seus anfitriões que tão bem o receberam e lhe cuidaram.

Todos fomos em direção ao barco. Quando lá chegamos, vimos um caminho feito de toras de madeira, alinhadas horizontalmente sobre a areia, que serviriam para fazer deslizar o barco até o mar. Joaquim e eu fizemos um tremendo esforço para levá-lo até a água, mas conseguimos depois de muito trabalho braçal. Havendo entrado uns poucos metros dentro d'água, fui até a areia chamar o velho, mas Joaquim pediu que eu embarcasse. Ele foi pessoalmente buscá-lo. Os dois sábios seres, um ao lado do outro, pintavam um quadro de beatífica calma.

Chegando à borda do barco, Joaquim levantou nos braços o leve corpo do velho. Peguei-o pela cintura e o acomodei sentado em um banquinho. Saudei meu camarada pescador com um movimento de mãos na cabeça, dei meia-volta, fui até o mastro do barco e icei a vela que impulsionava a embarcação. Imediatamente ela deu uma guinada para frente, deslizando apressadamente.

O vento era volumoso e incessante. O Sol, apesar de brilhar na abóbada celeste, tocava nossa pele com suavidade. Nenhuma nuvem podia ser vista em qualquer direção. Com as mãos no leme, por vezes fechava os olhos para que pudesse ter maior alcance das múltiplas sensações que me tomavam naquele momento.

Durante algumas horas velejamos em mar aberto, sem nenhum tipo de dificuldade. Quando voltei a mim, depois de estar absorvido por aquela atmosfera contemplativa, olhei para trás. Somente uma pequena faixa de terra podia ser vista de onde estávamos. Nenhum sinal da praia, no entanto. O que víamos eram as montanhas que rodeavam a zona costeira onde habitei durante algum tempo.

* * *

Já a costa não está à vista; caiu, agora, o meu último grilhão.

NIETZSCHE, *Assim falou Zaratustra*

* * *

Após várias horas, nada que não fosse água podia ser visto quilômetros a fio. Tudo era azul, desde em cima até embaixo. O velho cochilava na parte coberta do barco, roncando ruidosamente. Depois de muito navegarmos, o Sol já começava a baixar no horizonte, fazendo com que a luminosidade diminuísse cada vez mais, tingindo o céu de uma cor arroxeada. Passadas umas duas horas, quando o Sol já quase desaparecia no horizonte, densas nuvens negras apareceram inesperadamente na direção para onde íamos. Grande foi meu susto ao perceber que não havia forma de desviar do fenômeno, já que todo o horizonte à nossa frente estava tomado pela tormenta. Afrouxei a vela, diminuindo a velocidade do barco, de modo que talvez pudesse esperar até que toda aquela violência atmosférica se desfizesse.

Contudo, mesmo com a velocidade diminuída, a tormenta parecia chegar ainda mais rápido para cima de nossas cabeças. Em poucos minutos a água começou a ficar extremamente agitada, entrando em grandes jatos dentro do barco. A área de descanso do velho, mesmo planejada para que não fosse atingida pela intromissão da água a escorrer pelo convés, já estava toda molhada. O velho, agora sentado, deixava transparecer um grande aturdimento passivo, tentando compreender o que estava acontecendo.

O céu, antes claro, transformara-se em um *continuum* de breu intransponível. Quando a última brecha de luz desapareceu, poderosos feixes de luz romperam na escuridão, iluminando todo o ambiente por alguns segundos apenas. O sentimento de terror me devorava. Raios e mais raios rasgavam o céu, e outros ligavam mar e céu com uma fúria surreal. Vários caíram a menos de cem metros de distância de nossa embarcação.

As ondas tornavam-se cada vez maiores, e, por vezes, achava que fossem engolir meu barco. Este havia se tornado apenas uma marionete diante daquelas forças titânicas que nos afrontavam. De um lado para o outro o barco balançava, parecendo que desejava me lançar a metros de distância em alto-mar.

Em um determinado momento, a dianteira do barco se levantou impetuosamente, deixando o velho e eu sem condições de nos mantermos sobre os pés, pareceu parar por alguns instantes, para que, logo em seguida, deslizasse por um precipício formado pelas grandes vagas. Por algum milagre, ele não se espatifou contra a coluna de água de outra onda logo abaixo.

Eu havia conseguido permanecer incólume por causa das cordas do mastro às quais eu me segurava. Porém, quando me virei para ver como estava o velho, me desesperei com o que vi. Ele estava pendurado para o lado de fora do barco, apoiado com os dois braços na borda. Vi o tremendo esforço que ele fazia para se manter ainda cá dentro.

Enquanto tentava desesperadamente me livrar das cordas que me envolviam, eu via seus olhos cansados, mas tranquilos. Seus olhos e boca sorriram para mim, transmitindo enorme paz e compaixão. Percebi que ali diríamos adeus. Quando consegui me libertar da corda, seus braços se afrouxaram, desistindo de resistir ao inevitável curso da vida. Sua mão direita parecia acenar com um até logo, para logo ser tragada junto a seu corpo. Corri até a borda, debrucei-me e estendi meu braço para fora na tentativa de alcançá-lo, mas foi tudo em vão. A escuridão do mar fizera o favor de realizar uma cerimônia fúnebre rápida e insensível, fria o bastante para duvidar do que tinha acontecido.

Entrei em estado de choque. Voltei para onde estava, segurei as cordas que me salvaram de ser tragado pelas ondas e lá fiquei por um tempo incontável. Não percebia mais o movimento do barco, nem as ondas que me molhavam, nem os raios que cortavam a atmosfera. Meus olhos tornaram-se opacos. Fiquei por lá não sei por quanto tempo, até o momento que voltei a mim, me dando conta de que a tormenta havia passado.

O mar agora parecia um lago. Suas águas refletiam o céu pontilhado de estrelas e mais estrelas. Nenhuma molécula de ar se movia, o que tornava fantástica a atmosfera ao redor. Nada, absolutamente nada se movia naquele local, nem mesmo eu. Da mesma forma, parecia que nada se mexia dentro de mim, nem mesmo o sangue parecia pulsar em minhas veias, e nem o coração bater dentro da caixa torácica.

Voltei a fechar os olhos para toda aquela realidade exterior. Por vezes eu me levantava para pegar algum alimento que havia trazido na bagagem, mas sempre voltava a dormir. O sentimento era de que eu tinha hibernado, ainda que desperto algumas vezes. Lembro de acordar sob a luz do Sol, outras vezes sob a luz das estrelas e também da lua. Por dias a fio fiquei naquele estado, tão estagnado quanto o ar.

Eu estava incapaz de me libertar daquele sentimento. Só de lembrar do que acontecera ao velho zelador, meu corpo todo ficava sem energia, me levando a um estado de sono imediato. Foi então que me lembrei do mantimento que as feiticeiras me deram. Peguei a sacola e comecei a vasculhar o que tinha ali dentro. Eram vários frascos com as mais diversas poções. Dei de cara com uma que no rústico rótulo dizia: para casos de estagnação. Abri a rolha tomando todo o conteúdo do frasco. Imediatamente senti um sono ainda mais forte do que tinha sentido durante aqueles dias. Nem tive tempo de chegar ao abrigo do barco, caindo depois da primeira tentativa de me levantar.

Meio sonolento, entreabri os olhos, surpreendido por uma presença feminina, que usava um vestido azul, cuja mão estava apoiada na minha cabeça. Ainda sonolento, fechei os olhos e tornei a abri-los. As estrelas brilhavam como nunca, ainda que a lua estivesse visível. Ao abrir novamente os olhos, vi que aquele ser havia desaparecido e, quando levantei a cabeça para o procurar, só vi uma leve movimentação nas águas, bem na direção da lua, como se algo tivesse acabado de submergir. Logo que o movimento se acalmou, vi uma luminosidade vindo do fundo do mar, bem abaixo do local que observava. Brilhando, ela tomou uma forma comprida que serpenteou rapidamente para longe dali.

Levantei-me de todo. Abracei as pernas e comecei a pensar sobre tudo o que acontecera. Minha mente parecia desbloqueada, como se tivesse acabado de sair do coma. Lembrei-me então de tudo o que aconteceu desde a partida do continente. Do sentimento de liberdade e aventura, mas também do medo e receio diante daquilo que estava por vir. Mas, antes de tudo, o que mais me afetava era a partida do velho. Ele era meu guia, minha direção, minha esperança. Guiava-me quando eu já não enxergava saída, acariciava-me quando tudo parecia doído demais, gentilmente me fazendo tomar decisões duras, mas essenciais. Por tantos caminhos ele havia me conduzido, por que não mais esse? Não sei a resposta exata, mas o presente momento deveria ser vivido sem sua companhia. Meu Norte era eu quem deveria apontar agora.

Uma leve brisa soprou em meu rosto, ainda que brevemente. Passei toda a noite observando os astros no céu, esperando que pudessem enviar qualquer resposta. Analisei todos os instrumentos de localização, tentando decidir qual era o destino a ser tomado. Encontrei, afinal, o astro revelado no jogo das conchas das feiticeiras. Depois de muitas confirmações e diversos cálculos, tomei a decisão de que era para lá que eu deveria ir. A grande estrela do Norte seria minha estrela guia, até onde fosse possível.

Preparei o barco para a navegação, ajeitei a vela e esperei por qualquer movimento no ar. Depois de esperar por algumas horas, eis que o Sol desponta no horizonte, e, logo em seguida, um segundo sopro me tocou a face. Após esse, um outro, e mais outro, e vários se seguiram depois do segundo. O barco começou a esboçar um leve movimento, quase saindo do lugar. Assim que o Sol surgiu completo e imponente no horizonte, um sopro forte e constante surgiu no espaço ao meu redor. O barco foi puxado violentamente, rasgando o mar a sua frente, insensível à sua dor e a seu sangue que respingava em todo meu corpo.

Novamente senti um renovado movimento dentro de mim, trazendo novas esperanças sobre aquilo que estava por vir no novo mundo a ser encontrado. Somente alguns instantes foram necessários para que todo o meu vigor voltasse ao que era antes de o mar ter levado o velho. Eu não via a hora de saber para onde os ventos estavam me levando.

Até o anoitecer, o vento soprava de forma constante, sem hesitar. De repente, o vento parou, sem sentido algum, de forma totalmente incompreensível. Durante cinco minutos permaneci incrédulo de tal fato, até o momento em que uma grande anomalia atmosférica cuspia suas loucuras para todos os lados. O mar ao redor movia-se para todos os lados. As ondas iam umas contra as outras aleatoriamente. O vento também se comportava de maneira estranha, não sendo possível saber de qual direção ele soprava. E o barco, sentindo toda aquela confusão, chacoalhava diante de todas aquelas forças.

Tudo se aquietou novamente, dando mais cinco minutos de quietude que antecedeu uma enérgica rajada de vento. Essa rajada, no entanto, levou o barco para direção totalmente diferente da que eu ia. Sua força era imbatível, absorvido em sua firme determinação de soprar naquela direção. Não esbocei qualquer esforço para mudar aquela situação. Uma sensação vinda do meu íntimo, filha do coração, me obrigava a ceder àquela força da natureza. Durante uma hora o barco seguiu ininterruptamente.

O brilho das estrelas tornava-se mais forte à medida que a noite chegava. Quando olhei bem acima de mim, observei uma formação estelar em forma de cruz, com um pequeno exemplar perdido na parte inferior dessa grande cruz, incluída na grande constelação da Ema. Joaquim já me falara dela e para onde ela costumava levar os navegantes: uma terra de névoa espessa e natureza abundante.

Bom, acho que é para onde estou indo, sem saber, no entanto, o que me espera.

Tiago Cupolillo Mota

é psicólogo e mestre em Psicologia, formado pela UFRRJ. É analista reichiano pelo IFP-Reich, no Rio de Janeiro. Desde a graduação, possui grande interesse nas discussões teóricas sobre mente e corpo, encontrando na Filosofia parte das respostas aos seus questionamentos. Em diálogo com a teoria e a prática Junguiana, Tiago é um psiconauta cuidadoso e experiente; um investigador dos estados não ordinários de consciência. Trabalha como psicoterapeuta e como psicólogo da RAP da cidade do Rio de Janeiro.

este livro nasceu nas florestas guarani,
sob a benção de teju jagua,
deus das cavernas, grutas e lagos,
protetor das frutas e do mel da vida.